木梨鷹一

～落ちこぼれから潜水艦の英雄になった男～

鶴田 一成
Kazushige Tsuruta

１９４４年。アメリカとの戦争が負け戦の様相を呈《てい》したその時、彼らは海の中を静かに駆けていった。祖国を守る最後の希望を手に入れるために……。

登場人物

・恩田：イ号第29潜水艦の唯一の生き残り
・木梨艦長：イ号第29潜水艦の艦長
・中村航海長：航行に関する責任者。航路の計画、海図の使用、航海の安全な運航に関わる仕事を行う
・岡田専任将校：艦船の日常運営を監督する役職。乗組員が艦長の指示に従って任務を遂行するよう訓練や人員管理を行う
・松本機関長：潜水艦のシステム、エンジンや発電機などの機械装置の運営や保守、故障した際の修理などを行う
・村上調理主曹：調理の責任者。横浜のホテルで働いていた経歴があり、木梨艦長が自ら選んだ人材

・ニミッツ：アメリカ太平洋艦隊司令長官。祖国アメリカにとって危険な木梨を沈める決意をかためる一方、木梨の高い実力を評価している
・イ号第19潜水艦：木梨が艦長を務めた際、米空母ワスプを沈めた潜水艦
・イ号代29潜水艦：木梨が艦長を務めた際、ドイツにおもむいてさまざまな技術交換を行なった潜水艦

目次

序章

佐藤は、新聞社の朝の早さを感じながら、東の空がだんだんと明るくなる様子に気づいた。秋が深まり、初冬の雰囲気が漂っている。彼はゆっくりとタバコに火をつけ、朝と夜が交わる瞬間を感じていた。

かつては過酷な仕事をこなしていたが、現在は体調を考慮して夜勤の仕事を担当している佐藤。室内には早番の職員が現れ、交代が行われる。佐藤は同僚にあいさつをして、世の中の変化について少し話した。時代の流れは速く、何も起こらないことがむしろ珍しいと感じられるほどだ。予期せぬ事件が起きれば、新聞社もスピードをもって対応しなければならない。

午前8時になり、帰る支度をした瞬間、交換台を通じて電話がかかってきた。佐藤は条件反射のように電話に出て、「はい、編集部です」と返答する。日々、様々な電話がかかってくるが、多くは中身のないものや批判的なものだ。しかし、今回の電話は違った。電話の相手は、あいさつもなく単刀直入に要件に入る。

「潜水艦イ号の写真を持っています」と。

佐藤は、普段の電話とは異なる感触を感じた。同時に、この話に興味を抱いた、自らの記者としての直感を信じることにした。相手から一通り話を聞いた佐藤は、迅速に情報を集めるべく、退社したその足で相手との待ち合わせ場所に向かった。新宿から小田急電車に乗り換え、参宮橋で下車した。そこは閑静な住宅街に位置するマンションが並ぶ場所だった。

佐藤はドアを開けると、「おはようございます」と声をかけ、「お電話をいただいた毎朝新聞編集部の佐藤です」と自己紹介をした。

「鶴田です」と名乗った電話相手は中年のやや背の低い男性で、サラリーマン風の雰囲気を保っていた。名刺の交換や挨拶をそこそこに、鶴田は待ちかねたように写真をとり出して話しはじめた。

「この写真が潜水艦イ号の写真です。ドイツのヒットラーの要請に応じて、ドイツに片道3ヶ月程をかけて日本から航海しました。ドイツ領となったフランスのロリアン港現地で撮られた写真です。写真のネガも持っています」

佐藤は、日本の使節が潜水艦で何度かドイツにおもむいたことまでは知っていたが、詳細を深く知らなかった。

写真のネガを見せながら鶴田は、どのようにしてこの貴重な写真を手に入れたのかを語りはじめた。

「この写真はおそらくドイツ人将校が持っていたもので、戦時中に捕えられたその将校からアメリカ軍が入手したものと思われます。そこからアメリカにいる私の知人の手に渡ったというわけです。写真のネガもあり、かなり良く撮れていることから、当時の報道関係者が撮影したのではないかと思っています」

鶴田は一息に写真について話した。記者という佐藤の特性か、もしくは個人的な興味からなのか、佐藤は「どのような知人ですか?」と質問をした。鶴田はまた一息に語りはじめる。

「その知人は日本刀の商売をしています。実は、アメリカには日本刀がたくさんあるのです。敗戦後、アメリカを中心としてイギリス、ニュージーランド、オーストラリア、イギリス領インドなど様々な軍が日本に進駐しました。もちろん日本をとり仕切っていたのはアメリカです。

当時の銀座は露天商が数多くおり、彼らは外国人相手に2畳程度のせまい場所を借りて商売をしていました。私の父も米国人を相手に財布や手袋を販売していました。それに、多くの建物が爆撃によって破壊されましたが、銀座和光や三越が入っていたモルタル造りの松屋では、アメリカ軍人のためにＰＸ（免税品や食料品の販売）を行っていました。

そのような戦後まもなくの時代背景があり、アメリカ軍人は勝利の記念に日本刀を没収したり、購入していったりしてアメリカに持ち帰ったのです。ただ価値がわからないため、自宅やガレージに放置されたままのものも多々あります。また海外での日本兵の武装解除による武器の没収の中にも、日本刀が含まれておりました。どうやら1人3振まで持ち帰ることが許可されていたそうです」

佐藤はゆっくりとうなずきながら話を聞いた。たしかに聞いたことのある話だ。一説によると、日本国内と海外での武装解除により、数十万刀の日本刀が没収されたそうだ。没収された刀は主に、アメリカのガンショー（銃を展示、販売するイベント）や、定期的に開催される日本刀の交換会に展示され売買されるらしい。

鶴田は説明を続ける。

「実は私も日本刀を扱った商売をしており、そのため写真のネガを持っていたアメリカの知人と知り合ったのです。彼は全米に広告を出したり、自家用機でフロリダやサンフランシスコと飛び回ったりして日本刀を買い集めていました。彼は2人の秘書と手紙や電話で連絡を取り合い、当時はまだほとんど知られていなかったコンピュータを使って、日本刀の売買をしています。私はこのとき、日本にもコンピュータの時代が訪れると考えました。

まったく彼の頭の回転の早さには感心させられましたね。北米の地図に虫ピンが立ち並び、アラスカ、はてはカナダにまで虫ピンが刺さっていました。その虫ピンは、日本刀が運ばれた場所を指しているのです。日本刀はこんなところまで持ち去られているのかと驚いたものです。なにより驚いたのは、組織的に日本刀を購入して、購入した日本刀を日本人に販売するその根性ですが」

鶴田は苦笑をして言葉を一度切るも、再度話しはじめた。

「知人の家に行ってその地下に入ると、ビリヤード台に日本刀が山積みされておりました。彼は日本刀だけでなく、日本軍の尉官が所有する拳銃や、ドイツ、ロシアの拳銃、はては機関銃まで収集しているのですから驚きです。

話があまりにも脱線しましたね。いずれにせよその知人から、潜水艦イ号の写真を購入したのです。写真はイ号だけではありません。当時ドイツ領であったフランス・ロリアン港の潜水艦基地ブンカーに収容されたイ号の勇姿、乗組員が食事をとる風景、フランスの街を歩く日本軍人とドイツ将校のものもあります」

佐藤は心臓の高鳴りを覚え、「このことは誰にも話さず伏せておいてください」と鶴田に話した。そして編集長に相談し、編集長もこの話に元記者としての直感が働いたのか、調べ上げたおりには掲載することを許可してくれた。

潜水艦に関する情報を調べることは、非常に難しい。海に潜航し、海中を隠密に動く潜水艦は情報が厳しく隠されている。そのうえ航空機や戦艦、他国の潜水艦に沈められれば、船員の詳細な情報どころか、その人の遺骨すら残らない。

佐藤は、写真と当時の資料などを参考に、国会図書館や海上自衛隊の図書館などで調査を開始した。

調査の結果、驚くべきことがわかった。潜水艦イ号は、ドイツからの帰路にあるシンガポールを出発し、台湾とフィリピンの間に横たわるバシー海峡を海上航行していたところ、アメリカ軍の潜水艦に沈められてしまった。ただ、艦上の見張りをしていた3名の軍人が海に投げ出され、そのうちの1名はフィリピンの小さな島にたどり着き、日本軍によって救助されていたのである。助かった軍人は恩田耕輔《おんだこうすけ》上等兵で、広島に戻り今も生きているそうだ。

佐藤は、毎朝新聞社広島支局から生存者の連絡先を聞き、さっそく取材のお願いをした。潜水艦イ号の様子、旅程など色々質問したいと連絡するも、すげなく断られてしまった。

しかし、ここであきらめる自分ではないと自らに言い聞かせ、佐藤は一人で新幹線で広島におもむいた。タクシーを使い、小高い丘の途中にある恩田氏の家を訪ねる。一度断られているものの、意を決して「ごめんください」とドアを叩いた。まもなく老人が「どなたですか」とドアを開けた。老人はやせ形で、体軀《たいく》こそ大きくはなかったが、日焼けした肌にはこれまでの人生を表すかのように厳しい皺《しわ》が刻みこまれている。眼光も鋭い。

佐藤が懐から名刺を出し、先日お電話を差し上げた毎朝新聞の記者であると告げたとたんに、恩田の顔は厳しいものとなった。

「先日も電話で申し上げました。他の乗組員がすべて亡くなっているのに、私が今まで生き残っていることは恥ずかしいことなのです」と取りつく島もなく拒絶される。

「捕えられて虜囚《りょしゅう》の辱《はずかし》めを受けるよりは死を選ぶ」という考え方は、当時の軍人が持ち合わせていた精神構造に自然と組み込まれていた。だが、断られることはこちらも予想している。佐藤は食い下がり、これを見てくださいと懐から例の写真をとり出した。

恩田が何事かと写真をちらりと見ると、その顔にははっきりと驚きが表れていた。意表をつかれた恩田は「遠方から来ていただきましたから」と言い、会うだけはと佐藤を家に入れた。さきほどの拒絶が嘘のようである。

家の中は質素ではあるが、整理がきちんと行われた床の間もある良い日本家屋であった。恩田は何度となく、私は生き恥をさらしているのですと繰り返した。佐藤は身を乗り出して、実は見て欲しい写真が他にもあると告げて写真を机の上に丁寧に置いた。

恩田は写真を見たとたんに短くうなると、顔に赤みが増して顔全体が明るく変化していった。そばから見守る佐藤にも、恩田の心情が少なからず読み取れる。写真に写る懐かしい上官や友の姿、帝国軍人として国のために働いた当時の誇らしい気持ちが思い出されているのだろう。

・潜水艦イ号の艦長である木梨をはじめとした多くの戦友
・当時ドイツ領であったフランスのロリアン港に停泊した、潜水艦イ号の勇ましい姿
・日本が世界に誇る潜水艦の甲板に、正式軍服で全員が整列した閲兵式
・閲兵式でした国歌斉唱、ドイツ側が演奏してくれた軍艦マーチ
・宿泊したフランスのお城での食事

写真の中には、みなと食事をしている、はつらつとした様子の恩田の姿もあった。恩田は、写真にある過去の自分を見つめている。食い入るよう

に写真を眺める恩田の頬を、気がつけば涙がぬらしていた。

佐藤は恩田の顔を見つめながら間合いを見計らい、ゆっくりと話はじめた。

「恩田さん、あなた方が数ヶ月をかけてドイツまでたどり着き、任務を成功させたのは大変な名誉だと思います。あなたは木梨艦長をはじめ、任務についたすべての人の活躍を、その親族に、ひいては国民に知らせる義務があると私は考えます。あなたは幸いにして、現在も生きておられる。だからこそ、どうかあなたの仲間が懸命に戦ってきたという歴史の一部を残してあげてください！」

彼の涙に感化されたのか、佐藤は熱っぽく恩田を説得した。


恩田は静かにタバコに火をつけ、窓から見える遠くの山々を見つめた。逡巡《しゅんじゅん》しているのだろう、沈黙が場に流れる。しかし、佐藤は気づいていた。恩田の目に映っているのは、もはや広島の山々ではなく、あの日の潜水艦イ号での記憶の数々だ。

「歴史の一部を残してあげてください！」

先ほどの佐藤の言葉が恩田の頭になり響く。生きて日本に戻ることができなかった仲間たちは、語られることを望んでいるだろうか。

しばらく迷った恩田だったが、決心した様に煙草を灰皿に押しつけた。唇を真一文字に結ぶと佐藤の目を見つめ、ゆっくりと話しはじめた。

第1章

米空母ワスプを沈めた軍神の誕生

1942年、木梨はイ号第19潜水艦（イ号を冠する潜水艦は何隻もあるが、読者が混乱しないよう以後は「潜水艦イ号」と表記する）の艦長となった。

横須賀の海軍基地の宿舎から集結した乗組員たちは、次々とせまい艦内に入り、出発の準備にとりかかる。艦長の木梨から南太平洋に向かうとはじめて伝達があり、乗組員は作業をしながらも緊張して伝達を聞き入った。

恩田は隣にいる仲間に、「おい、聞いたか。これから南太平洋での戦いになるのか」と興奮気味に話しかけた。仲間は、「南太平洋はずいぶん遠そうでなかなか帰れないだろうなぁ」と返事をした。恩田はいよいよ戦闘かと武者震いをしつつ、自らの任務に没頭した。

1942年8月15日は、蟬時雨《せみしぐれ》の降り注ぐ暑い日であった。乗組員86名を乗せて横須賀をでた潜水艦イ号は全速力で海上航行し、電気系統、エンジン、バッテリーなどの作動状況、艦全体の状態、問題点をたしかめていた。やがて木梨は、岡田文雄専任将校に「急速潜航80m」と命令をした。潜水艦はベントを開き、海に潜っていき、1分と経たず潜航安全限界点（安全に航海できる最大の海の深さ。この深さは潜水艦の性能や規模で異なる）の80mに達した。

艦に水もれがないかがたしかめられ、無事に異常なしとの報告が入った。他にも、止水弁《しすいべん》、測定儀《そくていぎ》、艦内防水扉、ジャイロコンパス等の検査が綿密に行われたが、どれも問題ない。今度は、露頂深度《ろちょうしんど》（水中に潜航している潜水艦が潜望鏡を水面上に出せる深さ）まで上昇し、潜望鏡《せんぼうきょう》（潜水艦や戦車に備え付けられた外部の状況を見回すための装置）を海上に出す。水中走行しながら、潜望鏡で左右を見回すと遠方に日本の山々が見えたが、それも見えなくなっていく。夜になると、大きな潜水艦イ号はその姿を海上に現し、南太平洋の目的地に向けて全力で進んだ。

艦をとり仕切る艦長である木梨鷹一《たかかず》は、乗組員から「親父さん」と慕われ、上下の隔てなく接する優しい人物として知られていた。というのも艦船では通常、階級名で呼ぶ習慣があったが、木梨は乗組員を名字で呼んでいた。もちろん、艦長としてメリハリもあり、意思が堅いことでも知られている。木梨は乗組員に対して、相互トラブルや私的制裁を厳格に禁じていた。当時、潜水艦に限らず軍隊では私的制裁が無闇に行われていたため、私的制裁を禁じる上官というのは珍しいものであった。

また木梨は乗組員に、運動不足にならないよう毎日運動することも指示した。せまい艦内では、食事は乗組員にとって唯一の楽しみといっても過言ではない。そのため木梨は、横浜のホテルで調理を行っていた優秀な人物を選び、また軍医も同様に優秀な人物を選んだ。

当時の上官としては珍しく、なぜここまで艦の乗組員のことを考慮したのか。それは、潜水艦ではたった1つのミスや見落としが、死につながることを誰よりも理解していたからだ。

潜水艦は、機械と魚雷、それに食料品で密集した過酷なほどせまい空間である。遠洋航海の場合は、艦のトップである艦長室の中にも食料品の缶詰がうず高く積まれることがあり、身動きすらままならない中で長期の生活をしなければならなかった。

潜水艦は基本的に昼間と、敵勢力が支配している危険な地域では潜航し、夜間に浮上して速度をあげた航海することが常であった。当たり前だが、潜水艦は密室であるため、昼間の海中航行の間に艦内の空気は大変よどむ。密室の中にところせましと備え付けられている機械からは絶えず熱が発生し、その環境の中で乗組員は常に任務に取り組む。シャワーを浴びることもできない環境下で、大の男たちが働き続ければ、どのようなことになるのか想像に難くない。そのため潜水艦は夜間に浮上をして空気の入れ替えを行うが、乗組員はそこでようやく新鮮な空気を吸いこむことで、生きているという実感を得るのだ。

また海上航行中には、電気が蓄電され、その蓄電された電気は潜水艦の動力となり、海中航行する際に使用される。だが敵の航空機や艦船、潜水艦に発見されれば、最悪の場合は海の底に沈められてしまう。そのため即座に海中に潜れる体勢を保持しつつ航行しなければならない。特に、昼間に海上航行する際は、潜水艦の前後に見張りを立て、かつソナーによる音の解析も行わなければならない。

ところでイ号第19潜水艦とは、どのような潜水艦なのか。

・イ号潜水艦の代表で402形。全長108・7m、幅9・3m、常備1833トン
・エンジンは本式2号10型ヂーゼル2基2軸
・海上では12400馬力、海中では2000馬力（約6倍もの差があるのは水圧が原因）
・速度は海上で時速23・6ノット（時速43㎞）、海中では8・0ノット（時速14・8㎞）
・航続距離は、海上を16ノットで14000海里（約26000㎞）、海中を3ノットで96海里（約178㎞）
・53センチの魚雷を艦首に6本、酸素魚雷を17本搭載（酸素魚雷とは、痕跡が残らず敵艦

に気づかれにくい日本が開発した魚雷。ドイツに技術提供される）

ちなみに潜水艦の天敵である駆逐艦《くちくかん》（比較的小型で、スピードのある軍艦）は時速75・5㎞となり、潜水艦が海上で走った場合の速度の約2倍弱である。潜水艦が最も注意を払い、恐れたものが、俊敏な駆逐艦であったのだ。

潜水艦には、零式小型水上偵察機・晴嵐が一機、格納庫に搭載されている。この飛行機はカタパルトによって潜水艦から飛び出し、任務を遂行したあとに潜水艦の近くで着水、潜水艦に機械でつり上げられ、折りたたんで格納されるのだ。

他国には想像すらできない技術を当時の日本の海軍は保有していたのである。人によっては潜水艦空母とも呼称された。元々、空母は日本海軍が考えだしたものであり、潜水艦にも同様の発想を描いた彼らの奇抜性は褒められてよい。

話を戻そう。

1942年8月15日に横須賀を出港した潜水艦イ号は、ソロモン諸島方面で海上航行を行い、艦上で警戒をしていた。

8月23日7時25分、南緯7度30分東経162度15分の地点で、潜水艦イ号は敵戦闘機SBDドーントレス戦闘機（アメリカ海軍で運用された偵察・爆撃機）に発見される。戦闘機は潜水艦イ号を見つけるやいなや、鷹のごとく急降下し爆撃を行ったが、間一髪で回避をする。見張りのものが敵機を発見し、木梨に報告をしていたのだ。木梨はすぐに潜航を命じ、見張りのものはハッチにあわてて飛びこむ。さいわい潜水艦に攻撃は命中しなかったが、乗組員は緊張し、少なからず恐怖を覚えることとなった。

難を逃れた彼らはまた作業に戻る。艦内の暑さは相変わらず厳しく全員が半ズボンで作業を行っていた。

8月25日、潜望鏡によって遠方を航行する駆逐艦と、それを護衛する航空機を発見する。しかし距離が遠く、近づく前に航空機からの攻撃にあうと考え、追跡を断念した。

8月26日14時25分、司令塔からガダルカナル島南東付近で航空母艦、戦艦、巡洋艦（駆逐艦より大きく、また航続距離が長い）および敵機動部隊を発見したという通信を得る。潜水艦イ号の潜望鏡では確認できなかったが、中村航海長と岡田専任将校に緊張が走る。艦長の木梨からマイクで、「近辺にはアメリカ軍の艦船が動き回っているため、できるだけ音を立てずベッドで休むこと。ただし、いつでも攻撃できるよう準備しておくように」と命令が出された。アメリカの大型海上部隊は、日本軍が殲滅《せんめつ》するために常に探し回っていた部隊であった。

8月29日、日本軍の偵察隊から、サンタクルーズ島に駆逐艦と飛行艇あわせて6機が停泊していると木梨にも報告があった。木梨は報告を受けると、「この近辺には敵勢力が集結している。敵も同様に我々の存在を知り、懸命に探しているに違いない。必ず攻撃する好機がやってくるので、絶対に獲物を見逃すな」と命令をした。ソナーで敵の艦船の走行する音を捉えて痕跡を得た。

8月24日の司令部の指示により、潜水艦イ号はガダルカナル南方におもむいた。このとき司令部の指示を受けた、第3潜水部隊の潜水艦2隻と、南洋部隊の潜水艦5隻がこの地域に集結した。

その結果、8月31日にイ号第26潜水艦（艦長は横田稔《よこたみのる》）が、アメリカ軍の空母サラトガを発見し、即座に距離3000mから魚雷6発を発射。2発の命中が確認されるも、空母サラトガは沈没を免れた。しかし空母の損傷はひどく、自力航行不可能となった。これにより空母サラトガは戦列を離脱し、重巡洋艦ミネアポリスが空母サラトガをハワイにまで引っ張り戻ることになった。

後の調査により、魚雷は2発当たったと推測されていたが、正確には1発だと判明した。2発と推測された理由は、当時のアメリカ軍の魚雷の威力を基準にして考えられていたからである。つまり、日本の魚雷の威力は当時のアメリカのそれよりも2倍ほどあったのだ。

空母サラトガは、以前にも日本軍の魚雷に被弾しており、その際も沈没を免れてハワイに到着している。2度にわたり沈没寸前の危機に陥り、それでも戦線に復帰したのは実に運が良かったと言えるだろう。

イ号第26潜水艦が魚雷を命中させたというニュースを電信で伝えられたことで、木梨も乗組員も大いに勇気づけられた。そこで木梨は、「イ号第26が空母サラトガを撃破した（実際には沈没していないが電信ではそう伝えられていた）。この近辺にはアメリカの艦隊がかなりおり、遭遇する機会は充分にある。潜望鏡でまわりをよく見て、ソナーでも相手の動きに細心の注意を払うように。またすぐに攻撃できるように準備を」

と放送を流した。
艦内の緊張が極度に高まる。放送を聞いた中村航海張も軍帽を後ろに回して潜望鏡をのぞきこんだ。乗組員全員が目に見えない敵、そして艦長の次の連絡を、神経をとがらせながら待ったのだ。

日本軍には飛行機を収容できる潜水航空母艦、アメリカ軍の2倍の威力を誇る魚雷など、他国に追随を許さない軍備があった。その一方、潜水艦にとって生死の分け目となるソナーの性能はアメリカと比べてかなり貧弱であった。このことは木梨も承知していた。

木梨は、もっと感度の良いソナーが必要だと常々考えていた。なぜなら日本の軍事行動がアメリカにもれていると感じさせる兆候が多々あったからである。木梨が司令官から命令を受けて航行していると、どこからともなくアメリカ軍の戦闘機や艦船が現れるのである。ここまでくると情報がもれていないと思わないほうがおかしいほどだ。

9月15日、日本の航空部隊の偵察機が雲の合間からアメリカ艦隊の発見と報告を行い、司令部から日本軍の全艦にその旨が伝えられた。木梨の指揮するイ号第19潜水艦をふくめ、日本軍の潜水艦は間隔をあけて、広範囲に配置された。

同日11時50分、イ号第19潜水艦は東に進むエンジン音を感知し、1時間後には敵艦隊を約15000mの距離で発見した。木梨は松本機関長に命令をし、魚雷の発射準備をさせながら追跡を開始した。同日13時20分には敵艦隊は針路を変更し、なんと木梨の潜水艦付近に向かってくるという幸運にめぐまれた。

木梨はこの幸運に確信をつかみ、乗組員全員に攻撃準備の命令を伝える。

「全員攻撃態勢をとれ！」

戦闘用意の言葉を受け、乗組員は緊張と興奮の頂点に達する。全員の心がひとつとなり命令を待ち受け、艦内はピリピリとはりつめた空気に満たされる。木梨も潜望鏡をにぎり、敵艦隊との距離をはかりながら、魚雷の速度を設定させる。敵艦隊は木梨に吸い寄せられるかのように、針路を変えて潜水艦にどんどん近づいていき、イ号第19潜水艦は再度の幸運にめぐまれた。

木梨は潜望鏡をじっと眺めながら、「そのまま。そのまま……」といい続けた。岡田専任将校も艦長の赤くなった顔を見つめ、心臓の鼓動を感じていた。他の乗組員も息の詰まる思いで、その時を待った。

（当たってくれ……！）

木梨は帽子を後ろに回し「敵空母に向け撃て。発射！」と声をあげ、魚雷をすべて発射した。

敵艦隊からの方位も距離も理想的な、絶好の射点である。全魚雷6本（95式酸素魚雷）

は艦首から発射され、敵艦隊に向けて猛烈に海を駆け抜けた。潜望鏡をのぞく木梨には、空母ワスプのはるか後方に戦艦、駆逐艦の姿も見てとれた。「ひょっとすると……」と、ある意識が頭をかすめる。

実は木梨が敵艦隊を追跡していたときには、空母ワスプを中心とするアメリカの第18任務部隊は、日本艦隊の行動を掴んでいたのである（敵部隊の編成はワスプ、巡洋艦4隻、駆逐艦6隻）。敵艦隊はすでに14機の索敵機を発艦させる準備をしており、さらに16機の戦闘機の準備にもうつりはじめていた。そのため敵艦隊は比較的ゆっくりと航行していたのである。

ワスプの艦長、フォレスト・シャーマン海軍大佐は「この近辺には日本の大船団が航行しており、空には零式艦上戦闘機（日本軍で最も有名な戦闘機。以下、零戦）が飛び回っている。我々はすべての日本艦船を攻撃するのだ」と命令を出していた。

ワスプの艦上では、あわただしく索敵機や戦闘機が発艦する準備をしている。そのとき右舷方向の見張りは、ワスプを目指すかすかな泡を見つけ、絶叫をした。かすかな泡とは、魚雷の航跡だった。

フォレスト・シャーマン海軍大佐は、のちに海軍大将となり、さらに史上最年少のアメリカ海軍作戦部長となるほど優秀な人物であった。しかし、そんな人物であっても、すでに自身の艦船を目指してくる魚雷をかわすことはほぼ不可能であった。見張りの報告を聞いたフォレスト・シャーマン海軍大佐は、面舵一杯を命令するも、すでに手遅れであった。ワスプの艦首に2本、艦橋に1本の計3本の魚雷が、ドガーンという激しい音とともに命中した。

1発目の魚雷が当たった箇所は、主要な箇所から外れており、機関部への致命的な損傷はなく、浸水も少なかった。しかし、2回目に命中した魚雷が格納庫に火災を発生させ、これが空母ワスプの致命傷となった。

格納庫にあった飛行機は日本軍の偵察および爆撃のために燃料が補給中であり、その燃料に火が引火した。飛行機は次々と炎上、誘爆をはじめ、1分もすれば、もはや手のつけようのない大火災となったのだ。トドメは3本目の魚雷で、ワスプの奥深くにある航空ガソリン補給系統を破壊し、燃えあがるガソリンはワスプの各所に拡散した。重要部分にまで火災は広がり、消火設備も破壊されてはなすすべもなく、14時5分、艦長のフォレスト・シャーマン海軍大佐は脱出を命令したが、命令直後に格納庫で大爆発が起き、乗組員は逃げ惑うしかなかった。

木梨は魚雷が発射されて以来、じっと成り行きを観察していた。まもなくワスプのほうから鈍い大きな音があがるのを聞き、魚雷が命中したことを確信。他の乗組員からも喜びの声があがった。木梨は潜望鏡でワスプからあがる激しい炎と煙を確認して撃沈間違いなしと考えたが、同時にこちらに突進してくる駆逐艦を目にした。今すぐにこの場から離れても、駆逐艦の足なら追いつかれてしまい、勝ち目はない。

木梨は覚悟を決めて「全速潜水！　90ｍ」と声をあげ、同時に防壁戸（一部の部屋が破壊され海水が流入した際、他の部屋に海水が流れないようにする）を閉めることも命令した。「霧隠れ才蔵といこうか」と岡田専任将校に生真面目にいい、エンジン音を最高にあげて潜水し、深度90ｍに達してからはエンジンをだんだんと絞り、最後にはその場に待機した。

数分後には復讐に燃えるアメリカ軍の駆逐艦のエンジン音とスクリュー音が聞こえてくる。ずんずん、ぐぁんぐぁんと不気味な音が海中にまで響きわたり、死神が頭上をゆっくり歩く様を思わせた。「みな静かにしろ。決して音を立てるな」と木梨は命令をする。エンジンさえも止めた艦内は赤灯になり、よけいに不気味さを際立てた。乗組員全員が緊張をしながら、頭上のスクリュー音が止むのを、息をひそめて待った。

一方、海上のアメリカ軍駆逐艦では、ソナー係が耳をすませて潜水艦の音を探していた。

「艦長、音が聞こえないため、日本軍は遠ざかったと考えられます」

「ソナーの音量を最大にまであげて、敵の音をかすかにでも拾えないか確認しろ！」

ソナー係は、針が床に落ちる音さえも拾おうと耳をすますが、それでも何も聞こえなかったため、艦長に報告をした。

（おかしい。攻撃地点からワスプまで10キロの距離にも関わらず、敵のスクリュー音がまったく聞こえないなんて……。何かあるな）

駆逐艦の艦長は少し考えたあと、爆雷攻撃を命じた。


ドラム缶ほどの爆雷（潜水艦を攻撃するための爆弾）が駆逐艦の後部からどーん！　と打ちだされ、海中70mの地点で炸裂した。10mほどの高さの大きな水しぶきが爆発の瞬間に立ちあがった。海中で身を潜めていた潜水艦イ号に直接当たりはしなかったものの、大きな衝撃が巨大な潜水艦を激しく揺らす。

爆雷は1発だけでない。駆逐艦の艦長は潜水艦がいるのか、いた場合どこまで深く潜っているかわからなかったため、50m、60m、70mと推測で爆雷を落としていった。

潜水艦イ号が何度も爆雷に揺さぶられている間、木梨は冷静に爆雷と駆逐艦の数をたしかめていた。駆逐艦の数は幸いにも1隻だと判明した。おそらく残りの艦隊は、空母が撃沈した際に脱出した乗組員の救助にあたっているのだろう。40発ほどの爆雷投下のあと、しばらくの静寂が訪れ、次にエンジンとスクリュー音が聞こえ、駆逐艦は遠ざかっていった。

ソナー係から、「敵は去っていったようです」と告げられる。木梨は用心を重ね、音が小さくなったのか、それとも完全になくなったのかを確認させた。ソナー係は音量をいっぱいにあげたが、あたりには静寂しかない。木梨は考えた。

(敵艦はエンジンを切っているだけで、まだ頭上にいて、我々が動くのを待っている)

奇しくも、木梨と同様の作戦を敵艦もとったのだ。木梨は、敵艦長もなかなかやるなと笑みを浮かべ、次の爆雷に気をつけろと命令してその場をあとにした。

故障箇所を報告させると、後部の左舷に水もれが発見されており、止水作業に入っているそうだ。岡田専任将校に、現在の地点に2時間待機することを告げる。やがて1時間もすると、ふたたび爆雷の音がはじまった。先ほどよりも、かなり近い場所で爆発している。

（おそらく、もう一度40発は落としてくるはずだ）

だが、相手の行動を読めたとしても、今できることはない。木梨はただ耐えることに集中した。

日本の潜水艦の素晴らしい技術の1つが、エンジンを止めても、海中の同一深度の地点でぴたりと留まり続けられるものだ。つまり深度40mと設定したとき、たとえエンジンを切ったとしても、潜水艦は深度40mの地点に止まり続けるのだ。エンジンを切っているため、エンジン音はおろか、スクリュー音さえ敵は聞こえない。つまり潜水艦の位置を特定できないのだ。自動的に海水を注水・排水することで、浮力と潜水艦の重量の値が近くなるようにして実現されている。軍事技術に秀でたドイツでさえ、この技術はのどから手がでるほどほしいものだった。

　ふたたび近くで爆発が起き、艦を大きく揺らす。後部の水もれが激しくなったことで、潜水艦の重量にかたよりが生じ、機首が上へと傾きはじめた（後部に海水が入り、後部が重くなった）。

　木梨はすぐさま、食料をはじめとした重量物の前方移動、修理班以外の乗組員の前方移動を命令した。ようやく潜水艦は平行をなんとか保てるまでになったが、あいかわらず爆雷は近くで炸裂しており、そのたびに衝撃を感じる。


　木梨は、敵の爆雷の数が少なくなっていることを感じ、爆雷の終わりを待った。時間的にもすでに夜であり、海上は暗く、隠密行動をする潜水艦にとっては有利な状況であった。駆逐艦は夜間に攻撃を受ける可能性が高く、頭上にいる敵艦も当然それをわかっているはず。爆雷を終え次第、全速力でその場から離れていくだろう。ただし、追うわけにはいかない。まだ敵艦隊は空母の救助活動をしており、近くにいる可能性は十分にある。

ようやく80発近くの爆雷が終わった。敵駆逐艦の艦長はおそらく唇を噛んで悔しがっているだろうが、夜という状況を考えて友軍のほうに踵《きびす》をかえした。

本来であれば、味方の艦を沈めた潜水艦には、数隻の駆逐艦がむかって攻撃をしかけるものだ。より多くの爆雷を広範囲に落とすことで、より確実に潜水艦をしとめられる。しかし木梨が発射した魚雷は、空母ワスプだけでなく、遠方にいた戦艦ノースカロライナと駆逐艦オブライエンにも命中していたのだ。ノースカロライナは沈没をまぬがれたものの二度と復帰できず、オブライエンは後に沈没した。無事だった艦はワスプだけでなく、他の2艦の救助もしており、アメリカ軍の艦隊がまるごと翻弄されていたのだ。ちなみに木梨はこの事実をあとで知ることになった。

木梨は頭上にいた駆逐艦が去ったことを確認してからも、さらに1時間じっくりとその場に留まった。そして微速前進と命令して静かに動きだし、やがて全力前進でその場から離れた。しばらく走ってから海上付近にまでのぼり、潜望鏡で注意深くまわりの様子を探る。

敵艦隊はいない。そのかわり、夜空には星がいっぱいに散りばめられ、南十字星がきらきらと輝いていた。木梨は浮上命令をだし海上航行へと移る。ハッチが開けられ、全員がかわるがわる外に出た。新鮮な空気はもはや甘い香りがすると錯覚してしまうほど美味しい。心地よい風が頬を優しくなでた。

全員が喜びの声をあげて、勝利を祝いあった。木梨は特別に祝い酒をコップに注がせて、張りつめていた緊張からの呪縛をといた。自分たちの乗っている潜水艦が空母を沈めたという興奮がさめやらない。それもそのはず、空母を沈めたことは乗組員にとって最もほまれ高い戦果であり、二度とはあり得ない業績といえるほどだ。

木梨は笑顔を浮かべて静かに乗組員を見守った。本来であれば、乗組員をハッチから甲板に出して風景を見させることは、「軍人としてスキがある」と問題視される。しかし、木梨はこの勝利を全員に味わってもらいたかった。それに、せまい艦のなかで悪臭と気苦労にずっと耐えている部下へのせめてもの心遣いでもあった。

後部の水もれは修復され、食料品は元の位置に戻された。海上走行をしつつ見張りを立て、潜水艦イ号は横須賀に戻った。

木梨の業績はすでに海軍内部で知れわたっていた。そして木梨が知らなかった、魚雷の一部が戦艦ノースカロライナと駆逐艦オブライエンに命中したことをこのとき知らされた。余談だが、沈没をまぬがれたノースカロライナはハワイで修理を行い、修理後は機動部隊の護衛に従事し、戦後は日本で艦砲射撃も行った。ハワイで博物館の記念艦としてその偉容《いよう》をたたえた後、２０２４年現在はアメリカのノースカロライナ州ウィルミントンで記念館となっている。

木梨が港に到着すると、海軍関係者や軍人関係者が多数かけつけ、潜水艦に整列している乗組員たちを「万歳！　万歳！」と歓喜の声で迎えた。そして誰もが木梨という「軍神」を目にしようとしていた。

空母、戦艦、駆逐艦を一度に沈めた業績もそうだが、なにより沈めた空母には戦闘機が33機ありそれらを同時に沈めたのだ。あまりに尋常ならざる戦果のため、木梨は「軍神」とされたのだ。

第 2 章

ドイツへの出航

乗組員には、次の仕事までの数日間だけ休養が与えられた。時間はなかったものの、風呂にゆっくり入ることができるのは、乗組員にとって大きな喜びである。猛烈な臭気《しゅうき》にはもはや慣れてしまっていたが、皮膚から白い垢のかたまりがぼろぼろ落ちる様子に、驚きながらも同時に笑いあっていた。なかには「風呂から出て体重が落ちた気がする」という者もでるほどであった。いかに航海が長いのかを感じさせる様子である。

木梨は司令官と向き合っていた。

「素晴らしい戦果だ。君の武運を心から称賛する。まずはゆっくり休むように」

司令官は言葉少ないものの、笑顔でねぎらってくれている。

「冷静沈着。まれに見る有能な艦長だ。ドイツへの使者として君以上のものはいない。ご苦労ではあるが、次はドイツへの航海だ。このことは秘密にするように」

木梨は「ありがたくお受けいたします」と返事をした。

新たな任務は、ドイツから要請された品物を届け、またドイツからいくつかのものを持ち帰るものであった。

日本から送るものは、

・酸素魚雷
・無気泡発射管（魚雷が発射される際に発生する大量の泡をでないようにする技術）
・潜水艦の自動懸吊装置（潜水艦がエンジンを切っても海中の一定の深度にとどまる装置）
・特殊なモリブテン（ロケットに使用されている）

などであった。

一方、ドイツから持ち帰るものは、

・ジェット機およびロケットの設計図
・レーダー（電波探知機）

・最新型の機関砲
・ベンツ製のエンジン
だった。

ドイツからの技術や物資の要請を、これまで日本は断っていた。3万km離れた遠方の地に最新の技術や物資を届けることはリスクが高く、また軍事技術の漏洩《ろうえい》、日本の物資不足など、要請を受けられない理由はいくつもあったのである。それでも、日本はこの要請を受けることにした。

日本も今や危急存亡の時であった。
日本が勝利する唯一の方法は、ドイツから進んだ技術をとり入れることだ。
敵軍と戦うのではなく、秘密裏に品物と技術者をドイツに届け、そして秘密裏に日本に無事帰国すること。

木梨はすぐさま了承し、できるだけ前回の乗組員の人選をお願いした。潜水艦の修理やドイツまで持参する品物を艦に乗せること、そしてシンガポールから搭乗させる技術者のための寝室や会議室の設置など、やることは山積みだ。数日の休養といっても全員のんびりとはしていられず、次の任務のために訓練が厳しく行われた。木梨以外には誰も次の任務の詳細を知らされず、行動は一切秘密であった。訓練や準備の合間にある少しの時間でも、乗組員たちは束の間のくつろぎを楽しんでいた。

一方、アメリカ軍の潜水艦基地のあるハワイ。真珠湾潜水艦基地の最初の指揮官であるチェスター・W・ニミッツは主だった部下を呼びだしていた。

「みんな、よく聞いてくれ。日本の1隻の潜水艦によって、南太平洋において空母ワスプ、戦闘機33機が沈められた。加えて、駆逐艦オブライエンも沈められ、戦艦ノースカロライナも航行不可能となってしまった。極めて残念なことである。

情報によると、撃沈したのは日本軍の潜水艦イ号であり、艦長はしたたかで能力のある者だと考えられる。また日本の潜水艦は世界で最も巨大であり、通常の2倍の長さと横幅がある強力なものだ。くわえて潜水艦には格納庫があり、航空機を1から3機収容でき、カタパルトで飛行させることも可能だ。

最新の情報では、この潜水艦が日本から3万km離れたドイツに重要な品物を輸送していると考えられる。諸君らには、これをなんとしても沈めてほしい」

ニミッツ提督はアメリカのテキサス州出身だが、元はドイツ貴族の家庭で育った、ドイツ系アメリカ人である。第二次世界大戦中のアメリカ太平洋艦隊司令官であり、太平洋戦域最高司令長官としても君臨した人物だ。戦前にニミッツ提督と東郷平八郎が会話する機会があり（東郷は英語が堪能であった）、ニミッツはそこで東郷平八郎の力量に感服し尊敬していた。

ニミッツ提督が尊敬してやまなかった軍人は、皮肉にも敵国日本の東郷平八郎だったのである。東郷平八郎の葬儀の際には、日本艦隊とともに横浜港で半旗を掲げ、心から悔やみ弔砲も発射した。

敗戦後、１９４５年9月2日にマッカーサー元帥とともにアメリカ合衆国の全権の１人としてニミッツ提督は日本に来た。そして戦艦ミズーリの艦上で、日本降伏受託書に署名もしたのである。

余談だが、日本が終戦になる間近、アメリカ軍に対して皇居や京都、奈良は絶対に攻撃してはならないと訓示をだしたのもニミッツ提督であった。このことを私たち日本人は考えておく必要がある。

ニミッツ提督は南太平洋で大きな戦果をあげた木梨を沈めなければならないという強い決意と共に、木梨を東郷平八郎と重ねてひそかに賞賛もしていた。

アメリカ太平洋艦隊司令長官であり、太平洋戦域最高司令官でもあるが、ニミッツ提督は自らの祖先の国であるドイツ、そして尊敬する東郷の国である日本と戦っていた。この戦争に対する彼の複雑な心境は、心の中で消えることのない蠟燭《ろうそく》の芯となっていた。まもなくドイツと日本が負けることは明白である。だからこそ、できるだけ早く勝利して、ドイツや日本を早く復興させたいと願っていた（もちろん早く勝てばアメリカ軍の犠牲も減らせる）。そのために木梨のミッションはなんとしても止めなければならない。

木梨が司令官から極秘だと言われていたこのミッションは、すでにアメリカ側に筒抜けであった。当時、日本とドイツの通信のほとんどはアメリカの情報機関で解読されており、人事、軍事作戦などことごとくが傍受されていた。日本がドイツに何を届けようとしているのか、そしてドイツから何をとり入れようとしているのかさえ、アメリカ側は多くを把握していた。

今回の極秘ミッションは日本とドイツの双方が熱望していたものである。ドイツはソ連と取り交わしていた独ソ不可侵条約を破り、1941年6月22日にソ連に侵攻し、戦争状態となった。1943年の冬ごろになると、ソ連からの猛反撃と強烈な寒さでドイツ軍は撤退することとなる。そのためドイツのヒットラーは、航空機や貴重品といった物資を何度も日本に要請していたのだ。日本は、無着陸でドイツまで飛行できる飛行機の開発に成功していたが、問題は無着陸でドイツまで行くには最短距離であるソ連上空を通ることであった。しかし、日ソ不可侵条約に違反するため、断念せざるを得なかった。経路を変えてドイツまで空路で行こうともしたが、なんどか実験をするも失敗、日本政府は飛行機でのドイツ使節をあきらめたのである。

木梨に課された任務は非常に過酷であった。アメリカはもちろん、イギリスを中心とした敵軍も潜水艦イ号の存在と任務を知っており、撃沈しようとしていた。そのために最新のレーダーを使い、鵜の目鷹の目で空から、海から潜水艦イ号を探していたのである。

木梨は今回の任務で、空母ワスプを沈めたイ号第19潜水艦から、イ号第29潜水艦へと乗り換えることになった（イ号第29潜水艦も以後「潜水艦イ号」と表記する。以降の「潜水艦イ号」は「イ号第29潜水艦」を指す）。

途中でシンガポールに寄港し研究者、技術者、ドイツ語研究者、大使館武官を乗せるため、乗組員たちは一部のスペースを収容スペースに作り替える準備に追われていた。また現在、ドイツでジェットエンジンについて学んでいる日本人研究者、技術者将校や民間の技術者も乗せなければならない。そのため、かなりの数の魚雷を降ろし、空いたスペースを彼らの寝室とした。それでも潜水艦には余分なスペースが一切ないため、会議室にも食料や武器弾薬が詰めこまれた。

潜水艦の搭乗者は木梨艦長、８名の士官、そして99名の乗組員であった。専任将校は空母ワスプのときと同様に岡田文雄大尉であり、艦の副長とされていた。岡田専任将校は常に艦長と行動をともにしていたため、しっかりした信頼関係が木梨との間にあった。

司令官が木梨に、今回のドイツへの極秘任務の具体的な行動計画を説明する。

「この話は一切が他言無用である。また日本の勝利はこの使節にかかっているのだ」

流石の木梨も緊張して聞き入った。重要な任務につく誇り、それも祖国の命運を左右する任務のため、軍人としてこれ以上の喜びはないと、強い決意と覚悟をあらたにした。

重要な任務を任された上官のもとで働く軍人は、そういった雰囲気に敏感である。誰も聞きはしないが、今回の航海はかなり重要な意味をもつと、乗組員たちも肌で感じ取っていた。

1943年11月5日、いよいよ潜水艦イ号はドイツ、正確にはドイツの占領地であるフランス・ロリアン港に向けて出発する日を迎えた。

いつもより搭載する物品が多く、冬服の制服はもちろん、オーバーまで持つことになった。

「冬服やオーバーまで持たせるなんて、南極まで行くのではないですか？」

「それなら帰りにペンギンでも持ち帰ろうかな」

などと乗組員が冗談を言い合っていたが、それでも乗組員たちの間で容易ならぬ空気が流れている。


出発するまでに誰にも気づかれないように出航、全速力で海上を疾走し、急速で限界間近の深度１００ｍまで急速潜水するなどの激しい訓練を何度も行った。とはいえアメリカ軍のスパイ、最新式のレーダーやソナーによって日本軍の動静は探査されている。

そのような状況の中、潜水艦イ号は静かに横須賀を出航し、九州の沖合を通過し、バシー海峡に向かって慎重に進んでいく。魚雷は用意されていたが、今回の場合は使用することなく無事にドイツに到着し、兵器や設計図を日本に持ち帰ることが何よりも重要であると、木梨は自らに言い聞かせた。

昼間は基本的に海中に潜り、木梨と岡田専任将校、中村航海長とで潜望鏡を使って外の光景を注意深く観察した。時折、昼間でも海上航行したが、そのときは数人でかわるがわる見張りをし、細心の注意をもって航空機や艦船の動きを見た。

長い航海では、それぞれの乗組員は本を読んだり、囲碁や将棋をしたり、もしくはレコードで音楽を聴いたりなど、各自の方法で退屈な時間を過ごしていた。とはいえ交代が多いため、そのような時間はもちろん、睡眠時間も少なくかなり厳しい環境だといえよう。木梨は囲碁、将棋ともにかなりの腕前であり、将校であろうと下士官であろうと、はては一般の乗組員であろうと、強いという人物には分け隔てなく対局をお願いしていた。囲碁や将棋は何十手先を読み合うゲームであり、常に相手の読みを分析しなければならない。

それは潜水艦での戦いと似ていた。何分ごろに敵の速度、こちらの速度、そして距離を推測・計算し、相手が来るであろう地点に魚雷を撃ちこまなければならない。そこに天候、海流という自然の不確定要素も考慮しなければならない。動きまわる魚雷を敵艦に命中させることはそれほどに至難の業であった。木梨のとぎすまされた勘には、日頃の囲碁や将棋が案外活きているのかもしれない。


木梨は日本刀を手入れしたり、鑑賞したりすることも好きだった。

指揮刀として持参した日本刀「古波平《こなみのひら》」。海軍の将校が日本刀を選ぶ際、縁起を担いでこの刀を持つことが多かった。「波」が「平」になるというその名前は、彼らにとって実に縁起が良い。海の上、もしくは海の中で命を賭して戦う彼らにとって、波の高さが生と死を分けることもある。

木梨が持参した刀は、彼の故郷である豊後（現在の大分県）の藤原統行《むねゆき》という刀工の作品であり、作られたのは室町時代中期から江戸時代初期だ。木梨の実家に代々伝わる刀であり、海軍兵学校を卒業して少尉任官された際、両親から武運長久《ぶうんちょうきゅう》（武人として長く命運が続いて無事であること）とお勤めを果たすことを祈って贈られた。

刀を丁寧に手入れしながらゆっくりと眺める。数百年経ったとは思えない輝きを放っている。その輝きには、ただまばゆいだけでなく、数百年の時が織りなす深みもある。何度鑑賞しても波紋や地鉄《ぢがね》には新たな発見があり、飽きることがない。

束の間の休息を経て艦橋に出ると、そこには中村航海長と数名が艦の前後で見張りに立ち、双眼鏡をのぞいて任務についていた。波は静かで、そろそろ夜になろうかという時間だ。風が涼しく快適で、艦内にも外の空気が入りこんで、艦内は昼間よりもいくぶん過ごしやすくなっていた。

潜水艦は順調に波を押しわけて進んでいく。夜間は海上を航行することで、潜航したときの電気を蓄えていた。木梨は双眼鏡をのぞきこむ中村航海長に、「今夜はカレーライスだな」と確認をとると、中村も「そうです」と楽しみにしている風だった。その後、和やかに少し雑談をして、木梨は艦内に戻った。艦内を見回り、丹波軍医長、松本機関長とも立ち話をして艦長室に戻る。松本機関長の年齢は木梨より上であったが、気さくな性格のため、年齢を気にせず話し合えた。


調理主曹が「食事です」とカレーライスを持参してきたので、木梨は冗談を言ってみた。

「ところで、これはカレーライスなのか、それともライスカレーなのか」

「これはカレーライスであります。なぜならライスの上にカレーが乗っているからです」

その答えに、木梨も調理主曹も二人して笑い合った。木梨は位に関係なく、誰とでも話し合えるくったくのない性格であったため、誰からも好かれていた。通常、艦長は艦長室にとどまることが多い。しかし、木梨は常に乗組員と話す機会を設けるようにしていた。

スパイスの効いたビーフカレーに干し肉がうまくアレンジしてあり、野菜もたっぷり入ることで絶妙な味付けになっていた。食事をすませた木梨は、岡田専任将校、中村航海長、松本機関長とシンガポールまでの旅程を確認し合った。みなこの航海に強い義務感をもっており、赤く日に焼けた精悍《せいかん》な面持ちは実に頼もしい。この場にいる全員が今回の任務の重要性をよく理解していた。

木梨たちが通過しているバシー海峡は、最近ではアメリカの潜水艦が日本の輸送船や軍艦を襲っており、まったく油断ならない。とはいえ一行は無事に海峡を抜けて、南シナ海も通過した。

やがて赤道近辺になると、日本の12月とはうって変わって暑さが厳しくなる。特に調理をする時間になると艦内の温度は40度にも達し、外気をとり入れても艦内の温度はさほど下がらない。そのため乗組員は下着一枚となり、汗をふきながら業務にたずさわった。夜に海上航行を行い、外に出ると心地よい涼しさが身体を癒してくれる。一般的に艦長は乗組員を甲板に出さないことが常だが、木梨は乗組員のストレスをできるだけ減らすため、安全が確認されたときは乗組員を外に出し、景色や新鮮な空気を楽しませた。

さいわい日本の友軍に遭遇することはあっても、敵艦や敵潜水艦に遭遇することはなく、やがてシンガポール沖合にたどり着いた。そこに日本の戦闘機があらわれ、飛行機の翼を大きく左右に揺らして歓迎の意を見せた。さらに待機していた駆逐艦に守られながら、潜水艦イ号は軍港へと入った。

シンガポールにはイギリス軍が破壊した軍港があり、日本海軍工作部がこれを占領して復旧し、三菱造船所が大きなドックを建設した。造船所には戦艦や駆逐艦を修理できる設備があり、かなりの破損でも修理が可能であった。また、そこは現地の工作員も含めて1万人が勤務していた。

ドイツ使節第1回目、イ号第30潜水艦はドイツまでの航行に成功し、日本に戻る際にシンガポールに到着した。しかしイギリス軍が湾内にまいた機雷に触れてしまい沈没するも、さいわい艦長と数名の乗組員は救助された。以降、湾内の機雷は徹底的に除去されており、木梨が着いたころには安全に航行できるようになっていた。

木梨一行は艦上に整列し、司令官のあいさつを受けた。

全員が下船し、久しぶりの風呂を浴びて、旅の垢《あか》をこすりさっぱりとした。潜水艦の修理をすませると、2日ほどで出港する日が訪れる。

ドイツへの航海で潜水艦イ号に同乗する人たちは、飛行機でシンガポールに来ており、すでに待機していた。

・小島秀雄海軍少将（駐独大使館付海軍武官）
・永盛義夫海軍技術少佐（航空機を専門とした）

・田丸直吉技術少佐（電波兵器を専門とした）
・鮫島龍雄海軍大学校ドイツ語教授

など総勢17名も日本政府はドイツに送った。アメリカとの戦争が泥沼化し負け戦が予測される中、大きな期待を寄せて見送った。

木梨たちがシンガポールに着いたちょうどそのとき第3回ドイツ使節が帰国の前にシンガポールに来ていた。その使節には横井忠雄少将（前ドイツ駐在武官）がおり、同地で小島少将と引き継ぎを行っていた。そのため小島少将は木梨に、今回の任務の重要性や注意点とともに、ドイツの状況、今回の航海の最大の難所である南アフリカ沖の暴風圏「ロアリング・フォーティーズ」についても伝えた。

第3回ドイツ使節からの〈お土産〉は情報だけにとどまらず、ドイツ海軍から譲り受けた最新式レーダーも受け取ることになった。

木梨は実戦で何度もアメリカ軍のソナー能力を思い知らされ、厳しい局面にさらされたことも少なくない。ソナーの重要性が身にしみているため、木梨は技術者たちからの説明を熱心に聞いた。

日本のレーダーやソナーなどの探知装置に関する技術は、アメリカやドイツと比べて、とり返しのつかないほど遅れていた。

日独伊防共協定が結ばれた１９３６年11月。ドイツの発達した軍備を学び、また戦車や戦闘機、船舶などを購入するために、日本の陸軍と海軍は共同でドイツにおもむいた。陸軍も海軍も各地でしっかりと見学して学んだ。しかし陸軍はドイツの探知装置に関する技術に対して、それほどの危機感を感じなかった。

一方の海軍の研究員にとって、ドイツのソナー技術は驚愕《きょうがく》するものであった。そのため詳細な見学を依頼するも、ほとんど拒絶されることになり、結局１人１時間ほどの見学しか許されなかったのである。

ソナー技術の高さを前にして見られず、また日本の遅れを痛感する出来事に研究員は砂を噛む思いをし、日本に打電したという。

研究員にとって技術の遅れは大変な悔しさであったが、現場でソナーを活用して戦闘を行う者にとっては悔しさなどという話ではない。

生きるか、死ぬかの死活問題だ。

皮肉なことに、敵のレーダーは日本人の研究から生まれた。宇田新太郎と八木秀次が東北帝国大学工学部電気工学科で共同研究を行っており、1926年には特許も得ていた。

しかし開発当時、この技術は軍人からはほとんど評価を得られず、むしろ電波を出すことで相手から行動や存在を悟られてしまうと言われる不評ぶりであった。

もちろん中には、この技術の価値を評価する軍人もいたが、結局はあまり評価されることなく、宇田・八木の連名で英語論文として発表された。

個人と集団の成果の分断といってよいだろう。日本の軍隊には将来を見つめる人材が不足していたといわれている。また優秀な人材が評価されない硬直的かつ縦割れ社会であったのも事実である。

宇田と八木が論文を発表してからというもの、アメリカ、イギリス、ドイツ、ロシアはこの研究を猛烈に深めていった。

ドイツでは軍用機メッサーシュミットの先端にすえつけられ、その後の戦いで大きな成果を得た。アメリカも同様にこれを発達させて、最新の高性能レーダーの開発に成功した。当時の大国たちは日本で生まれたこの技術に驚愕《きょうがく》すると同時に、これが戦争の勝敗をわけるものと考えて、巨額の軍事費を投入し組織的に、秘密裏に研究開発を行なったのである。

その結果は想像どおりだ。

日本軍の戦艦や潜水艦の行動はすべて把握されてしまった。特にアメリカでの技術発達のスピードはすさまじく、新たなレーダーやソナーは艦船、潜水艦、航空機に搭載されていった。結果、日本軍の海上における情報戦はことごとく敗北という結果になった。

勝敗の原因を一言で表すことは難しい。だが宇田と八木の技術を最大限に発達させたことは、アメリカの勝利の大きな要因といえるだろう。せっかくの重要な技術が、日本のトップの軍人たちによって葬《ほうむ》られたのである。当時、すでに「戦力とは何か？」と問われる時代へと進んでいた。戦力は、戦艦や潜水艦、航空機の数から、情報へと移っており、探知装置の活躍がそれを物語っていた。しかし日本軍の上層部は、それを見極められていなかったのかもしれない。

シンガポールで日本製からドイツ製ソナーに変えたことは木梨に強い喜びを与えた。なにしろドイツ製ソナーは日本製より大きさが5分の1くらいに小型であり能力も格段に優れていた。敵を発見するにも、その後の敵の行動を把握するにも、ソナーは必要不可欠である。

小島少将は木梨の南太平洋でのすばらしい戦果と武勇伝をよく聞いていたし、木梨も小島少将の能力や経歴に深い尊敬の念を持っており、実際に小島少将と話したときにはその能力の片鱗《へんりん》を感じとっていた。シンガポールからドイツまで小島少将が全権の責任者であったが、実務は木梨が執り行うことになっている。

第 3 章

順調な航海

ところで他の艦長とは大きく異なり、また「軍神」とまで評される木梨鷹一《たかかず》とは、どういう人物であったのか。

大分県出身で、大分県立臼杵中学校（中学校とはいえ、現在の高等学校にあたる）を卒業し、海軍兵学校に51期として入校した。木梨の入校時の成績は255名中150番であり、卒業時の成績は255名中なんと最下位であった。日本の陸軍海軍は官僚組織的な側面があり、兵学校の成績がその後の地位に大きく影響した。あきらかな選別、差別が行われており、くわえてそれが至極当然として理解されていた（現在の日本の官僚組織も同様であろう）。良し悪しはさておき、日本の長い伝統といえる。

また、たとえ海軍兵学校を卒業したからといって艦長になれるわけでもなく、それどころか艦長になれる人間はごく少数だ。艦長になるには、左官（少佐、中佐、大佐）以上の士官が甲種学生（海軍兵学校での短期間の特別教育を経て海軍の将校として任官される、主に大学や高等学校を卒業した文官出身者の学生）として選ばれ教育を受けてようやく、潜水艦や艦船の艦長になれるのである。もしも海軍兵学校で優秀な成績を収められなかった場合、いろいろな職場、つまり艦船から艦船へと職場を転々としなければならない運命にあった。木梨も同様の運命にあり、数多くの艦船に乗務した。

海軍兵学校を卒業しても多くは航海長や機関長、もしくは専任将校となり、艦長になることは極めて難しい。しかも成績が落第寸前であれば、不可能と言っても過言ではない。

しかし最下位であった木梨はいろいろな艦船に乗務しながら、1940年に海軍潜水学校甲種学生試験（艦長になるための試験）を受けて主席で卒業し、恩賜《おんし》の銀時計を受け取った。同時にイ号第3潜水艦の艦長となり、同年11月にはロ号第34潜水艦の艦長に転じた。当時ではあり得ない評価、抜擢《ばってき》であった。

木梨が兵学校時代に何を考えていたのか、いろいろな艦船に乗り、そこで何を学び、何に影響を受けたのか。そして過去に落ちこぼれとされていた人間がどのように海軍潜水学校甲種学生試験を主席で卒業し、名艦長に育っていったのか。その経緯は不明である。

ただ海軍兵学校時代の押しつける教育、私的制裁を含む厳しいだけの訓練を無意味だと考え、反感を持っていたことは推測される。また士官となって、生死をわけるギリギリの生活環境が、彼の鋭い勘や嗅覚を養ったことも間違いないだろう。

そして、彼には、なんとしても世界最大の潜水艦イ号の艦長になるという強い信念があった。

一方の小島秀雄少将とは、どのような人物であったのか。

小島の最終階級は海軍少将であり、駐ドイツ大使も務めた成績優秀なドイツ派軍人であった。彼は海軍兵学校を卒業後、すぐに海外で経験を得るため、駐在の任務についた。戦争後は、戦争の虚《むな》しさと、亡くなった部下を祈るためにカトリックに改宗《かいしゅう》した。

話を戻そう。

ドイツ使節の17名は全員があてがわれた場所に入って、それぞれの部屋を確認した。小島も艦長と同様のこぎれいな部屋に案内されたが、そこは魚雷格納庫と発射管の場所であったため、思わず苦笑した。

一行はあいさつもそこそこにして、ついにドイツへの旅をはじめた。マラッカ海峡を北上してインド洋に入ると、暑さはさらに厳しくなり、うだるように暑い艦内では全員が半ズボンや作業着で働いている。

蒸し風呂のような暑さの中、小島少将、永盛技術少佐（主に航空機に関する技術を担当）、田丸技術少佐（主に電波兵器の技術を担当）など、技術関係の者たちは朝から晩までジェットエンジンやロケットに関して勉強会を行い、高度な技術に関する話し合いをしていた。誰もがもっとも軍事技術の進んだドイツから学び、学んだ技術をできるだけ早く日本に持ち帰るという義務感と熱意を持っていた。もちろん、学んだ技術でジェットエンジンやロケットの量産をしなければアメリカに敗北するという危機感も、だ。

技術者、技術将校、大学教授の誰もが必死だった。英語で書かれた技術書はもちろん、ドイツ語の技術書も参考書として懸命に読みこみ、猛烈に学ぶ姿は、木梨以下乗組員にも少なからず影響を与えた。今回のミッションは敵と戦うのではなく、技術者たちをドイツに送り、また日本に無事帰国させること。木梨や乗組員は、見張りやソナーでの監視など、より一層意識を高くして行うようになった。

ようやく木梨は今回の任務について乗組員に話した。ドイツ領となったフランス・ロリアン港に行くこと、17名の技術者や技術将校のこと、その人たちの使命のこと。乗組員はドイツまでの航海と聞き驚きと喜びで胸をおどらせた。しかし、なにより彼らの気持ちを高めたのは、日本の命運のかかった、重要な歴史の一端を担う幸運であった。

一方、ハワイ・真珠湾では、ニミッツ提督が潜水艦イ号やドイツへの任務、そして潜水艦イ号をどう沈めるかを、将官を集めて何度も話し合っていた。アメリカの情報技術は非常に高く、日本の暗号はほぼ解読され、それにともない作戦はほぼすべて知られていた。日本がジェット機やロケットをとり入れて戦おうとしていることも知っており、なんとしても阻止せねばと考えていた。

話していくうちにアメリカの将官たちにとって、潜水艦イ号の規格外の大きさ、水泡を立てない魚雷など、他の国では見られない技術も、もはや周知の事実であった。

「ニミッツ提督、本当にそのようなサイズの潜水艦がドイツにまでたどりつけるのですか？」

「すでに2回成功している。1回目はシンガポールでイギリスの機雷により沈没。しかし2回目は成功。3回目もドイツまでの航海は成功したが、帰国する際、シンガポール到着直前に沈められた。今回は4度目でもっとも重要な任務についている。そして、艦長はあの木梨だ」

話を聞いていた将官たちの顔があらためて厳しくなる。南太平洋で大戦果をあげ、アメリカ軍人なら誰もが沈めたい、あの木梨だ。空気が引き締まるのを感じたニミッツ提督は、それ以上なにも言わなかった。詳細な説明はしなかったが、彼は木梨と潜水艦イ号を確実に沈める方法をすでに考えていた。

一方の木梨は、アメリカの通信傍受により想像以上に情報が筒抜けになっている事態を、小島少将と話していた。極力、司令部に対して電信の送付も返答もさけて、アメリカに傍受される危険を少なくするとお互い了承した。

木梨は昼間をなるべく海中航行、夜を海上航行で進むようにした。昼間に行う海中航行は、海上航行に比べて3分の1の速度しか出ない。つまり昼間の遅れを夜にとり戻すしかなかったのだ。

シンガポールを出てから10日ほど経過するも、敵の船舶や航空機の現れない穏やかな日々を過ごしていた。木梨たちが進んでいたインド洋は船舶が少なかったため、夕方も海上航行をしていた。そのときスコールがあり、乗組員の一部が甲板に出て、石けんをつけて身体を洗った。艦内に長期間いると、垢が身体にこびりつき、なかには皮膚病になる者もでてくる。しかし海水で身体を洗うことはできない。そのためスコールは乗組員たちにとって文字通りの「めぐみの雨」であった。身体を洗って垢を落とせることは、何にも代えがたい快感である。木梨もその様子を黙認した。

木梨は小島少将、岡田専任将校、中村航海長、松本機関長を集め、今後の旅程の確認と問題点の洗い出しをしていた。特に、南アフリカの喜望峰（アフリカ最南端の岬）を回る際の、暴風圏「ロアリング・フォーティーズ」が問題だ。激しい台風のような向かい風、その強風による高波は想像を絶するほど激しく、大西洋でドイツ軍の潜水艦・Uボートと接触する場所に関してみんなの意見を出させた。中村航海長はその地域は常に荒れ狂う海であり、原則的に海上航行は難しいと答えた。松本機関長も同様にエンジンがもたず、潜水艦そのものの耐久力にも影響すると補足した。

過去のドイツへの航海も同様に試練にあっている。常時海中航行する状況において、1回の充電で潜航できるのはわずか「37時間」。原則は海上航行だとしても、荒れた海上をヂーゼルエンジンで航行して蓄電器を回し、バッテリーを充電しなければならない。だが問題は天候だけでなく、南アフリカは敵軍が厳しく監視している場所でもあったことだ。特に、戦闘機からの攻撃が多くなると予想される。木梨にとって、はじめて航海する場所であったので自分だけで決断することなく、みんなの意見によく耳を傾けていた。

(行ってみないと決断できないが、監視体制は確実に厳しくしなければならないな。それに敵軍が我々の情報をすでにつかんでいて、待ち伏せしていると考えたほうが良いだろう……。警戒するにこしたことはない)

木梨は静かに思考の海に沈んでいた。

会議後に木梨と小島少将はお茶を飲みながら話す機会があったため雑談していた。

「木梨さん、空母ワスプを沈めたような戦果をなぜあげられたと思う？」

「そうですね。乗組員が仲良く生活できること、食事が美味いこと、乗組員が一生懸命働けること。これが理由だと思います」

小島はこの返事を聞いたとき、煙に巻いたような冗談を言っているのかと思ったが、木梨は真剣な眼差しのため、思わずどぎまぎした。不思議な人だ。

せまい艦内で男性ばかりで戦うと、艦内は悪臭とよどんだ空気に満ちる。それに暑さも加わるとなれば、そんな環境下で乗組員が仲良くすること、一生懸命働くことは簡単でない。木梨が言ったことは単純明快で非凡だが、そんなことを平凡に言ってのけたのだ。核心をついた答えだと小島も理解した。

小島も過去には色々な艦船に乗ってきたが、どの艦船でも規律がとても厳しく、乗組員同士で私的制裁が毎日のように行われていた。下士官が下の者に激しい暴力をふるい、自殺者が出る場合もある。将官以上の者はそれを見てみぬフリをする、そんなことすらあった。

しかし木梨の部下は嬉々として業務をこなし、冗談を言い合っていることもある。小島には、木梨の部下たちは木梨のためなら本心から死を恐れないだろうと思われた。またこの艦の下士官たちも乗組員を兄弟のように扱う優しさがあり、乗組員も下士官に敬意を持ちつつ気さくに接している。

潜水艦イ号の場合、木梨が先ほど言った「食事が美味いこと」も大きく影響しているだろう。実際にここでの食事は他の艦船よりも美味いと小島は感じていた。通常、潜水艦での食事はほとんど期待できない。せまい空間に食材は豊富に持ちこめず、新鮮な食事は出発してせいぜい5日が限度で、あとは缶詰や干し肉、塩じゃけ、じゃがいも、干し柿が出された。それに調理環境も限定的で、特に火を使って調理することができないため、料理の種類がかなり制約される。冷蔵庫もあったが冷やすという役割までいかず、製氷もできたが、電気の消費量が多いうえに、艦内が高温となるため、よほどのことがない限り使われない。

そんな調理主曹にとって最悪の環境の中でも、潜水艦イ号の調理主曹は腕がすこぶる良いため、食事がとても美味しかった。あるとき会議をしていたらチーズケーキと紅茶が出され、誰もが驚いた。たとえ士官といえど、チーズケーキを食べたことのある者は誰もいなかったのである。

木梨によると、調理主曹は横浜のホテルで勤務していたそう。創意工夫をこらした料理は抜群で、特にご飯の炊き方は絶品であった。木梨はよく調理主曹の村上に「村上の食事は美味いな」と目を細めて言い、村上も「自慢です」と笑顔で返していた。

陸海問わず、兵士が慣れ親しんでいた和食に加えて、洋食、肉食が積極的に取り入れられ、兵士の食欲を満たしていた。多くの兵隊は伝統的な和食に慣れていたため、カツレツ、コロッケ、ハンバーグ、オムレツ、カレーライス、シチュー、それにドーナツといった、地方の貧しい生活と異なる豪華な洋食は兵士にとってまぶしい食事だった。また、おやつも食事において大事な要素であり、乗組員はなかなか食べられないおやつに大きな喜びを見せていた。それら食事と合わせて、兵舎のベッド、本格的な洋服である軍服も彼らには新鮮であった。

通常、調理主曹は炊事班長と呼ばれる者が選別するが、木梨は自ら村上調理主曹を選んだ。人事にかけ合い、特に優れた料理人を回すように頼んでいたのである。その努力が功を奏し、過去に横浜のホテルで勤務していた人材を獲得できたのだ。

調理室はせまいため、調理担当の乗組員は日光にもまったく当たれない極限の環境で仕事をしなければならない。そのため木梨は暇なおりには外の空気を吸わせ、景色を見せるなどしてストレスをなくすように努めた。そして調理主曹も木梨の心遣いに感謝していたのであった。

極限の環境下では食欲は容易に落ちる。しかし食事がなければ働くことなどできない。調理主曹は常に創意工夫をして、乗組員が食欲を満たして、やる気を出すようにしていたのだ。

木梨は自らの経験から、私的制裁の禁止と乗組員の関係を良くすること、そして食事の重要性に気づいたのだ。木梨は乗組員に私的制裁の一切を禁止させ、また敵から攻撃を受ければ一蓮托生で、死ぬときは全員が死ぬということも言い聞かせた。

1944年11月16日、シンガポールを出発してから1ヶ月が経った。インド洋を通過して、一行はマダガスカルの沖合を海上航行していた。太陽がのぼりはじめた頃、艦橋で見張りを行っていた乗組員が地平線に駆逐艦と思われる影を認めたことを木梨に報告した。

影との大まかな距離、進行速度が計られると、ハッチを閉める号令が出され、見張りは艦内に戻る。シンガポールで搭載したドイツ製のソナーとなってから実に調子が良い。

「聴音機の音を増幅させろ！」

「小さな音でもとらえて拡大し、敵艦の包囲や距離を知らせろ！」

と次々と命令が出され、艦内に緊張した空気がみなぎった。

「敵駆逐艦1隻が航行している模様。攻撃するには良い位置と思われます。攻撃しましょう」

岡田専任将校が木梨にすすめる。しかし潜望鏡をのぞく木梨は首をふる。

「いや、我々の任務は敵に悟られることなくロリアン港まで17名の使者を無事送り届けることにある」

そう言った木梨は、深度60mに潜る命令を出した。木梨の腕であれば間違いなく撃沈できたとみんなが残念がる。敵艦の探査をしていた乗組員が、敵艦がソナーで聞こえないところまで離れたことを告げる。深度をあげて潜望鏡で水平線を見回したが、敵艦はすでに接近できない位置まで移動しており、充分な安全が確保されているように思われた。しかし木梨は念には念を入れ、しばらく潜航した状態で移動することを命令した。潜航したときの速度は海上のそれの3分の1にまでなるが、速さよりも確実に目的を完遂することを選んだのだ。

夕暮れ近くになり、ようやく海上航行に切り替える。もちろん浮上した瞬間にハッチが開けられ、中村航海長に続いて、他の乗組員がすばやく見張りを行う。

艦内では戦闘が回避されてほっとしたと同時に、攻撃するべきだったという意見もみられた。特に、乗組員は戦うために潜水艦に乗っているだけに悔しさも大きかったと思われる。

技術者たち17名はかわるがわるジェットエンジンやロケットの勉強を続けており、毎日が英語やドイツ語漬けであった。

「新しいエンジンをつけて実際に飛行させた場合、従来の戦闘機に使われていた素材は耐えうるか？」

「金属の軽量化、空気抵抗、安全性はどうするか？」

「ロケットにはどんな燃料が必要か？　またロケットを攻撃に使用するにはどうするべきか？」

など日々勉強会が開かれ、激論が交わされている。

ドイツは最新の軍事技術でイギリスにかなりの打撃を与えていた。ドイツではジェット機が完成していたが、いまだ完璧という段階ではない。まして日本軍が実用できるようになるには相当の技術開発が必要なのである。

マダガスカルは南緯20度近辺にある。これは日本でいうと沖縄のような位置だ（赤道からの距離が）。マダガスカルは年間を通して暑さが安定しており、気温は25度近くだ。艦内は温度、湿度がともに上昇しており、海上航行は過ごしやすいものの、海中航行では暑さが厳しい。海上航行の際にご飯を炊ければ良いのだが、潜航中にご飯を炊けば、ただでさえ暑く蒸し暑い中に、さらに大量の水蒸気が満ちることになる。

潜水艦の内部で、調理することは大変な重労働なのだ。

いくらかの乗組員にとっては今回がはじめての遠洋航海であり、日本から遠く離れたアフリカ大陸は興味の的であった。もちろん業務には打ちこんでいたが。

木梨はこの旅の最大の難所、喜望峰「ロアリング・フォーティーズ」を見すえていた。台風のごとく激しい風と高波、それに加えて敵勢力が厳しく監視していることも予想される。潜水艦イ号の情報はイギリスにも伝わっていると考えて、警戒を怠ってはいけない。沈思黙考《ちんしもっこう》。精神を落ち着かせるため、木梨は艦長室で趣味の刀の手入れをはじめた。まずは打ち粉をする。打ち粉に使う道具は、まるでアイスの木の棒にまんじゅうが刺さったような形状である。まんじゅうの部分には砥石《といし》を粉末にしたものが含まれており、その部分で刀身を叩くと、白い粉末がふんわりと降り落ちる。打ち粉の後は拭《ぬぐ》い紙で刀の油と打ち粉をきれいにふき取り、最後に錆を防ぐための丁子油《ちょうじあぶら》をぬり込む。

日本刀は500~600年もの長い年月を経ても錆びない。それはひとえに、所有者が刀を大切に扱い、手入れをし、子々孫々に受け継いできたからに他ならない。当時の侍の平均寿命は40年ほど、彼らが人生の半分に相当する20年の間、刀を持ち続ければ、500年という時は25代もの継承者を生む。日本刀が錆びることなく受け継がれてきたのは、彼らが丹念に大切にしてきたからだ。

木梨のように、日本刀の手入れを行い、気を落ち着かせ、精神統一をする者は多かっただろう。死のあふれる戦場におもむくために、侍にとっても、軍人にとっても日本刀は必須であったのだ。

海軍の軍人の多くが海で亡くなっており、それに伴い日本刀も海の藻屑となってしまった。

戦後に外国人が日本刀を買い漁った背景には、美しさや物珍しさもあっただろうが、そういった日本の侍や軍人の精神的な強さを求めたのかもしれない。

手入れを終えた木梨は刀に向かい、

「どうか無事にアフリカ最南端をこえて太西洋へと導いてください。力を与えてくださ い」と真剣に祈った。

刀袋におさめるとすっきりとした気分になり、艦長室を出た。

ここからは見えないが右舷遠方には巨大なアフリカ大陸が広がっているはずだ。いよいよ大西洋に入る、重要で危険なポイントに近づいている。

早朝、潜水艦イ号はその巨体を海上に現し、ドイツの貨物船ボゴタを発見。同盟国ドイツの貨物船と判断して信号を上空目がけて発射し、貨物船ボゴタからも信号が打ち出された。手旗信号で連絡し合うと、両者は近づいた。ボゴタは貨物船を装った油送船であり、インド洋で航海中のドイツ潜水艦・Uボートへの燃料の補給を任務としていた。そのため潜水艦イ号は燃料の補給を受けた。ドイツ潜水艦は食料が不足しているであろうと木梨は考え、日本酒やビスケット、缶詰などを送った。

ボゴタから感謝の連絡が入る。彼らからすると、わざわざ日本から3ヶ月以上かけて祖国に重要物資を送る大切な仲間なのだろう。両者とも甲板に乗組員がでて、手をあげてあいさつをする。そしてお互いの任務に戻り、潜水艦イ号は南アフリカを目指して進んでいった。

木梨は最も危険な航海のポイントを前に、はじめて潜水艦イ号に搭載している偵察機（零式小型水上偵察機）を飛ばすことを決意し、格納庫から外に出して組み立てはじめた。組み立てにはかなり時間がかかったが、ようやく完了すると、2名が乗りこむ。そして潜水艦上にあるカタパルト利用して、偵察機は空へと飛び上がった。かなり上空まで行きアフリカ南端を視野に入れ、戻ってきた。敵は潜水艦が来ることは予想しているだろうが、まさか航空機がくるとは考えていないに違いない。

偵察機は海に着陸すると起重機で海面から引き上げられ、翼をたたんで格納庫に納められた。潜水艦から航空機を飛ばすこの技術は日本軍の虎の子の1つであり、最重要機密でもあったが、今回の任務でドイツに提供するものでもあった。ジェットエンジンとロケットの獲得のためには、たとえ最重要機密でも了承せざるを得なかったのである。

潜水艦から航空機がカタパルトで飛び立つ姿はあまり見られるものでないため、主だった者たちは甲板から様子を見守っていた。

木梨は小島少将に話し合う機会を求めた。小島少将も難所のことだと察しており、2人は今回の山場について話し合った。

小島は、敵の警戒を避けるために速力が遅くなっても、潜望鏡をあげて海中に潜ったまま喜望峰を迂回するべきだと話した。ただし、夜間は海上を走ってバッテリーを充電し、昼間に潜航できるようにすべきだともつけ加えた。喜望峰を回ったところで、通信指令は日本からドイツにバトンタッチされ、潜水艦イ号はドイツの指令に従うことになっている。

お互いの結論として、陸からかなり離れた沖合を潜航し、夜間は海上航海をすることで一致した。すでにかなりの遅れが出ているため、夜間に海上航海をする際は最高速度で走り、遅れを取り戻すことも決まっていたのだ。

第 4 章

暴風圏ロアリング・フォーティーズと襲撃

「ロアリング・フォーティーズ」は嵐の岬であり、暴風圏とされている。沖合から南極大陸に、常に西から東へと暴風が吹き荒れ、多くの船舶がここで沈没していた。

数日後に、木梨は岡田専任将校、中村航海長、松本機関長などを呼んで会議を行い、この山場をどう切り抜けるか説明した。

「この旅程における最も過酷にして、生きるか死ぬかの重大な局面だ。敵の監視は厳重で、敵は我々の行動をすでに知らされている。つまり航空機との戦闘も予想される。加えて嵐も強烈だ。細心の注意が必要だ。修理箇所が出た場合は、ただちに修理を行わなければならないぞ」

木梨は真剣な目つきで言った。

「みんなも知ってのとおり、我々の目的は敵軍と戦うことではなく、安全に目的地に達すること。そしてドイツにある、世界で最も進んだエンジンやロケット、通信の技術を学び、それらを日本に持ち帰ることだ。そうすることで敵国アメリカに対して早期の勝利を勝ちとることができる。

我々の帰国は1944年8月ごろの予定だ。戦況は厳しく一刻も早く祖国日本に帰国しなければならないのだ」

木梨の話を聞いていた中村航海長が質問をした。

「艦長、これから通るアフリカの沖合はどの程度荒れているのでしょうか？」

「実際に通過したことがないため、はっきりとは言えないが、嵐のように大荒れだそうだ。加えて、風は西から東に激しく吹き抜けるが、我々は反対の東から西に進むことになる。この荒れから逃れるためには、少なくとも60m近く潜って進まなければならない。だが、これまで3度日本の潜水艦は通過してきた。注意深く進めば問題はない」

木梨は激励したが、心配がないこともなかった。遅れをとり戻すために海上航海もやむを得ないが、「ロアリング・フォーティーズ」の向かい風はかなり厳しい。

中村航海長は、わかりましたと返事をした。松本機関長はなおも海の状況が気になるらしく、どれくらい厳しいのだろうかとつぶやいた。それを聞いた1人が台風の中を航行したときのことを思い出しながら「大丈夫ですよ。何度も嵐での航行を経験しておりますから。ただ激しい波で艦の一部から水もれが起きたことはありますので、それは警戒しております」と返す。

木梨も「かつてドイツに向かっていた潜水艦イ号は、偵察機の格納庫がやられて沈没寸前まで至ったが、全力で修理して大西洋への脱出に成功した。荒れ狂う海での修理は想像以上に厳しい。特に突起物には充分に注意しよう」とつけ加える。最後に松本機関長に目を向け、「松本さん、お願いします」と丁寧に話した。松本は木梨よりも年齢が上で、少佐の地位でもあるため丁寧に声をかけた。

「戦うとすれば喜望峰を回ったときの海上だと考えております。本来であればそこに至るまでに海上訓練で試し撃ちをしたいところですが、敵勢力がいるためそれができません。

そのため動きだけでも徹底的に訓練を行いたいです」

その場にいた橋本砲術長が話した。木梨はそれを受け、全員に周知徹底することを伝えた。

全員が話を聞いてそれぞれに対応を考えている。全員が覚悟を決めたときだった。

会議の2日ほどあと、静かであった海面に波が立ちはじめ、南アフリカ沖合にいよいよ達したと思わせる雰囲気となってきた。アフリカ喜望峰沖の暴風圏「ロアリング・フォーティーズ」の序曲がはじまったのである。左舷のはるか遠くには氷で覆われた南極大陸が広がる。日本が夏になると夜のない「白夜」が訪れる、マイナス80度、まさに地球上で最も過酷な場所だ。

日が経つごとに海上の荒れは激しくなり、海上航行しているときは常に激しく上下左右に揺れていた。艦の乗組員は揺れに対してある程度の耐性があったが、シンガポールから乗船した技術者たちは常に吐き気に苦しめられていた。たとえ苦しく青ざめてもどうすることもできず、極力ベッドで休むしかない。限界だと思うような耐えがたい吐き気に苦しめられていても、揺れはますます激しくなる。これには、いてもたってもいられない悲壮感がこみあげてくる。ついに暴風圏「ロアリング・フォーティーズ」に突入した。

安全のため、潜水艦イ号は深度80mまで潜航する。すると狂ったような嵐が嘘のように静かになった。交代要員はこれ幸いとベッドで本を読んだり、寝たりした。艦長室では木梨と小島少将が碁を打っており、小島少将が木梨に話しかけた。

「流石に『ロアリング・フォーティーズ』に入ると厳しいものだな」

「そうですね。ここを乗り切って南大西洋に無事に入れるかが鍵でしょう。発電機を回すにはどうしても海上航行をしなければなりません。しかし、こんな荒波なのに天候は晴れときている。敵に見つけられやすく、難しいものです」

「そうだな。今のところ破損箇所はないのか？」

「今のところはありません。ドイツに以前向かった潜水艦が格納庫をやられてなんとか修復させたと聞いたので、充分な補強を命じています」

碁盤に集中しながらも木梨は続ける。

「気になるのは敵の探知機器が発達して、我々の行動がより知られていないかどうかです。そしてケープタウンから航空機での攻撃があるのかも」

「たしかに。米軍の発達したレーダーやソナーで我が軍の行動は完全に把握されていると考えている。だが注意深く南太平洋に出られれば、まずは安心だな」

「はい。全員に警戒を徹底させてぬかりなく行動しておりますので、ご安心ください」

頼んだよと言うと、小島は盤面に目を移した。

翌日の午前5時、潜水艦イ号は浮上した。猛烈な荒波がようしゃなく襲ってくる。西からの強風で波は荒れ狂っており、大型潜水艦でさえまるで木の葉のように頼りなく揺れていた。どどーん！　と大波が潜水艦にぶつかり、しぶきを高く上げる。潜水艦は波により高く艦首を持ち上げられたと思えば、次の瞬間には艦首は海面に叩きつけられた。全員が持ち場にある固定物に必死につかまる。もちろんそんなときでも仕事はあるため、つかまりながら必死に業務をこなしていた。

ただ海上に出たことでバッテリーの充電が行われて換気がはじまり、にごった空気が外に排出され、息苦しさはいくぶんマシになった。

村上調理主曹は船酔いすることなく、調理や味付けを考えていた。しかし彼の仕事はより困難になっていた。ただでさえ環境の悪い艦内で食欲を失っているのに加えて、この大揺れである。皆無に近い食欲の中、どうすれば良いのか。とりあえず今晩はすし飯か、カレーライスかと考えあぐねていた。

ベッドで休んでいた乗組員は揺れがあまりに激しいため、ベッドの柱につかまりながらなんとか休み続けた。もはや休みとは言いがたい状況だ。
海からの波しぶきが激しかったため、見張りは雨カッパを着用しながら見張りを続けていた。少しでも気をゆるめれば海に投げ出されてしまい、海のもくずとなってしまう状況だ。しかし、そんな中でも彼らは双眼鏡をにぎりしめ、晴れた空に敵機の影がないかを探していた。

翌日は海が荒れているだけでなく強い雨も降り、まさに最悪の気象状態だった。それに加えてバッテリー切れも重なり、潜水艦イ号は海上航行をしいられていた。上にある甲板まで波が襲う、想像を絶する状況の中でも彼らは見張りをしていた。いつ敵機が攻撃してくるかわからないが、そこにばかり集中していれば次の瞬間には海の中だ。「ロアリング・フォーティーズ」での見張りは、極度の緊張の連続であった。

潜水艦イ号は、なすすべもなく波にもてあそばれ、上下左右に揺られ続ける。大波の上に乗ったと思ったら波の谷間に落とされる、その連続だった。艦内には顔を青ざめさせながら必死に柱につかまる者、我慢できず吐いてしまう者など、外も中も散々であった。

海中に潜航してほしいと誰もが願ったそのとき、突然艦内の中心から水もれが発生した。こうなれば柱につかまっていたり、酔っていたりする場合ではない。工作兵を中心に乗組員は水もれ箇所に飛びつき（そしてつかまり）、懸命に水もれを止めにかかった。上下左右に揺れまくる中での工作は難しく、それは大地震が起きている最中に家具を組み立てるようなものだ。必死の作業によりなんとかくい止めた。岡田専任将校が「電気系統はどうだ？！」と大声で質問すると、電気系統を担当する工作員が、まず問題ありませんと返答する。

バッテリーの充電が終わると、木梨は潜航開始の号令を出した。見張りをしてずぶ濡れになった乗組員が次々と手すりをにぎり降りてくる。ハッチを閉めろという号令をして、潜水艦イ号はようやく静寂《せいじゃく》の底に潜っていった。深度80m、世界は嘘のように静かになった。

落ち着きをとり戻した艦内では、工作員が先ほどの水もれの箇所を完全に修理しようとしていた。木梨も自らで損壊箇所と安全の確認を行う。17名の便乗者の一部は青ざめていたが、静かになった艦内でようやく休みはじめていた。

やがて食事となり、村上調理主曹は結局すし飯にすることにした。缶詰の肉やにんじん、じゃがいもなども入っており、それに加えてみそ汁も飲め、全員がほっとひと息つけた。こわばっていた顔にも笑顔が戻ってきた。誰もがもう少しすれば南大西洋に入り、それとともにこの大嵐ともおさらばできると考えていた。

海面近くにまでのぼり、潜望鏡を海上にのぞかせる。上下に揺れる大波しか見てとれない。バッテリーの充電が必要であり、潜水艦イ号はまた大嵐の中に戻ってきた。上空には雲がたちこめるも雨は降っていない。

南大西洋まであとわずか、だからこそ緊張感をゆるめてはいけない。アメリカ軍とイギリス軍の通信機器や探知装置の精度は高く、日本軍の行動が読まれていることは多くの者が知っていた。全員が緊張し、何事も起こらないようにと願った。木梨は乗組員全員に、引き続き警戒を続けるよう何度も注意をうながす。

見張りは交代で行われ、エンジンはほぼ順調に動いていた。電気の充電も数時間内には終わるだろう。あいかわらず激しい嵐は続いている、

夕刻が近くなってきたとき、テーブルマウンテンの山陰から突然、2機の戦闘機が現れ、こちらに攻撃をしかけてきた。猛スピードで急降下をして、爆弾を投下してくる。艦橋に立つ乗組員も重機関銃ですかさず応戦する。爆弾は潜水艦の左舷20m離れた海に落ち、大きな水柱をあげた。戦闘機はさらに機関銃でも攻撃を重ね、どどど！　と弾丸が甲板に撃

ちこまれ、甲板は一瞬の内に線が引かれたありさまだ。応戦するが、1人の乗組員が太ももを撃ち抜かれた。

まわりの者がかけつけると、太ももから血がどばっと吹き出していたため、即座に止血をして艦内に退避させる。ハッチから滑りこんだところ、丹波軍医長がかけつけてケガ人をすぐにベッドに寝かせる。再度止血と消毒を行う。

艦上では依然戦闘が続き、2機目も爆弾を投下させたが、幸いこちらも当たらず、被害がなかった。戦闘機と潜水艦の間で、機関銃の応酬が激しくなる。乗組員の1人が急降下してきた1機に命中させたことで、1機が煙を吐きながら海に沈んだ。

すぐに戻れという命令が下り、戦っていた者たちがハッチに次々と飛びこむ。全員の退避を確認したあとにハッチは閉められ、潜水艦は急速潜航をした。戦闘機がひとまわりして次の攻撃をしかけようとしたときには、すでに潜水艦の姿は海上になかった。

戦闘機は追撃することなく去った。本来であれば攻撃の範囲が届かなくなるギリギリまでしかけるものだ。しかし戦闘機は潜水艦イ号の大きさを見て、小型巡洋艦だと勘違いしていたらしい。それに時間も手伝って、よく見えなかったのだろう。突然艦が消えたため、撃沈したことを確信して去っていったのだ。

潜水艦イ号は深度80mの静かな海を進んだ。

木梨はよくやったとねぎらう一方、まだ攻撃はあるかもしれないため警戒を怠るなと加える。太ももを撃ち抜かれた乗組員には依然治療が行われている。ただでさえ物資を積みこんでスペースのない潜水艦が、手術する場所を持ち合わせていることはなかった。傷を負った兵士は調理室の調理台に寝かされていた。激しい痛みから気を失っている。丹波軍医長はこの間に手術を終えると、止血をして滅菌ガーゼにかえ、清潔な包帯で巻いた。丹波軍医長は、命はとりとめると話すと入れられたお茶を一気に飲み干す。

敵の銃撃の影響でいくつかの箇所から水もれが起きている。修理班以外の乗組員も総動員され必死に水もれを防ぐ作業が行われているが、早く浮上して修理を行わなければならない。


艦長室で小島少将が木梨と話している。

「無事もっとも難関な場所を通過したな。最後の航海、大西洋だ」

「そうですね。先ほどの襲撃でも被害は1名、機銃照射で足を撃たれましたが、さいわい命に別状はないそうです。丹波軍医長がよく治療をしてくれているので、なんとか元気になると思います」

小島少将は、それは良かったとゆっくりとうなずく。

「だが引き続き警戒はしていこう。用心するにこしたことはない。あと1ヶ月の航海だ。今回の攻撃のように敵の探索はかなり正確と見なければならない。無事に目的地に到着することはもちろんだが、時間もないため昼間も極力海上を走らねばならない。充分の見張り、ソナー、レーダーで敵の正確な補足をしてほしい」

「了承しました。まずは翌日早朝に浮上をし、徹底的に修理箇所の点検と修復を行います」

木梨はこう話すとその場を辞し、艦内の状況を自ら確かめに行った。大丈夫か、状況はどうかと尋ね歩く。もちろん、乗組員のねぎらいや励ましも忘れない。乗組員たちを見ると、なんとか持ちこたえていますと返答する。今回の攻撃のねぎらい、そして最後の航海の士気を高めるために、甘いようかんを差し出す。ありがとうございますと、受け取った者たちは敬礼した。


翌日修理のために浮上すると、いまだ波は高かったが以前ほどではなかった。敵機の襲撃に備えるため前後の重機関銃に人がつき、いつでも対応できる態勢をとった。射撃を受けて損傷した部分を次々と修理していく。さいわい攻撃の気配がなかったため、突貫工事を無事終えられた。修理を終えると、再び潜航した。喜望峰を過ぎたからといって、敵機が襲ってくる可能性は否定できず、まだ慎重をきさなければならない。ケガをした兵士は一命をとりとめたものの高熱が出ている状態だ。そのため村上調理主曹は木梨の許可を得て、製氷をはじめた。艦内温度は一気に高まったが、誰もが我慢した。木梨と岡田専任将校が交互に潜望鏡で警戒を続けるも敵機は見当たらない。ソナー係もレーダー係も探索するが、気配はない。そこで浮上して海上を走ることになった。

艦内に外気が入りはじめ、扇風機を最大にすると快適さが少しは増す。そこで先ほど製氷器を稼働させて作られたアイスクリームが振舞われた。

誰もがアイスクリームの冷たさとほんのりとした甘みに歓喜した。めったに食べられないデザートに、ほうぼうから「うめーなー」という声があがる。木梨も口がほころんだ。ケガをした兵士も恐縮しながらも美味しそうに食べた。今ではかなり熱も下がり安定した状態にいる。

木梨は艦長室で久しぶりの日本刀の手入れを楽しみ、また無事難所を抜けられたことを感謝した。17名の技術者たちは最後の勉強会をしている。乗組員は甲板で涼んでおり、気持ちよさそうにしている。空には満点の星空が浮かび上がり、思わず圧倒される景観だ。もはや天体ショーと言ってもいい。ときおり流れ星が勢いよく現れては消えていく。

南アフリカの沖合から北上しはじめて15日が経ち、ついに赤道を経過した。南半球のため北上するほど赤道に近くなり、つまり暑くなる。乗組員は寝苦しい日々を送っていたが、海上のため蚊がいないことがせめてもの救いだった。

第 5 章

ロリアン港への到着

ポルトガルから約16000㎞離れた、大西洋アゾレス諸島西方でドイツ潜水艦と交信をした。お互いに浮上して信号弾をうつ。ドイツ語で交信を行うと互いに近づいていき、あいさつをした。ドイツ兵は自分たちの潜水艦の倍の長さの巨大潜水艦を見て、「ウンダバー！（※注：今風に言うと「でかくてすげえ！」）」と声を上げて驚いている。両軍の艦長が艦橋に立ってあいさつをする。

ドイツ潜水艦の艦長は「ようこそ、ドイツに」と言うと、主に新鮮な食料品、ソーセージ、葡萄酒（ワイン）、水などを届けてくれた。

「ずいぶん遠くから来られてさぞお疲れでしょう。では、10日後にまたお会いしましょう。ここからドイツまではさほど離れていませんが、敵の攻撃はあると考えられますので、充分に注意をしてください」と言うと、案内人兼技術者の3名が潜水艦イ号に派遣された。ハインツ、クルト、ギュンターの3名と木梨はドイツ語教授に翻訳してもらいながら、ドイツ領ロリアンへの針路を確認した。さらにドイツ潜水艦からは、レーダー逆探知装置「ワンゼ」も贈られた。木梨がシンガポールで受けとったものよりも。さらに軽量化されて機能も優れている。

乗組員もドイツ人の勤勉さ、物おじせずテキパキと仕事をする姿に好感を持った。ハインツ、クルトは早速レーダーをとりつけ、ギュンターがそのことを岡田専任将校に報告した。木梨はとりつけの様子を興味津々に見守っており、とりつけられると早速効果を調べている。木梨はレーダー逆探知装置「ワンゼ」の性能、そして技術の進歩の速さに驚愕《きょうがく》するとともに喜んだ。これでより正確に敵の状況を把握し、安全に目的地にたどり着けると確信した。木梨は笑顔でギュンターと握手した。

岡田専任将校が「あと10日か……」とつぶやく。長く大変な航海だったため感慨があるのだろう。木梨は「そうだな。だが我々が今いる地点はドイツ軍ではなくイギリス軍が押さえているため警戒を怠らないでおこう」と返す。そして潜航の命令を出し、潜望鏡で探索しながら慎重に進んでいく。艦にはゆるんだ空気はないものの、もうすぐ着くとみんなが考えたため、どことなく明るい雰囲気がただよった。今ではケガをした兵士も松葉杖で歩けるようになっていた。

ドイツ軍から差し入れられた新鮮な食料品や肉は、村上調理主曹が見事に美味しく調理した。久しぶりの新鮮な食べ物に誰もがかぶりつき、ドイツ軍に感謝した。

赤道をすでに越えて北半球に来たため、北上するほどに寒さが厳しくなってくる。夜間に海上航行していた潜水艦イ号は、哨戒機《しょうかいき》2機（偵察機は特定の地域で敵の探索や発見をするのに対し、哨戒機は常時警戒している）に見つかった。急速潜航するも、哨戒機はしつように追跡してきたため、深く潜航したまま深海で待機することにした。哨戒機が去ったのを確認するとふたたびドイツに向けて足を進める。

「この地域で敵軍の哨戒機に出くわすということは、ドイツもかなり厳しい戦況になっているのかもしれないな」と木梨が中村航海長と松本機関長に話す。両名とも、そうですねと返し苦い表情を浮かべた。ドイツ領ロリアン港は刻々と近づいてきたが、いまだ油断できないことを思い知らされた。

哨戒機からうまく逃げ切ったのにも関わらず、誰もが冷や汗をかいていた。

ドイツ機ユンカースが援護のために上空に現れた。ユンカースはドイツの最も攻撃力のある名機である。乗組員は手をあげてあいさつをする。ユンカースは急降下すると脚で風を切る音を出し、敵の戦闘機はこれに恐れおののいたと言われる（ちなみに零戦は飛行の際に脚が格納される）。日本の零戦に匹敵すると言われる戦闘機に一同は感激した。

午後にはドイツ駆逐艦、水雷艇（主に水雷を武器とする小型の艦）と合流したが、同時にイギリス機ハビラントモスキートに襲われた。すこぶる軽量で戦闘能力の高いこの戦闘機はなんと木製であり、「The Wooden Wonder（ザ・ウドゥン・ワンダー）」とも呼ばれていた。木製のため撃たれるとかなり危険だが、製造費は安くしかもレーダーに映りにくいため、敵軍からすると厄介な相手であった。イギリス機ハビラントモスキートがドイツ軍ユンカース1機を撃墜《げきつい》。さらにイギリス軍の、潜水艦の脅威とされた別の戦闘機も現れたが、さいわい潜水艦イ号は潜水していたため、被害がなかった。

イギリス軍による激しい攻撃をしのぎ、一行はついに目的地の目と鼻の先までたどり着いた。


迎えに来たドイツ軍の潜水艦3隻、艦上からドイツ兵が潜水艦イ号を眺めて、その大きさに驚いていた。一方の潜水艦イ号では到着10日前となり、準備がはじまっていた。乗組員は与えられた水でひげをそり、まっさらな冬服を身にまとうことで失礼のないような身なりに整えた。

「お前カッコいいな」

「上等兵殿もカッコいいです」

そんなほほえましい様子も見られ、さながら正月に晴れ着を着て喜び集まった子どもた

ちのような光景だった。
危険な領域は過ぎ去ったものの、今度ははるか遠くの異国に降り立つという別の緊張感があったが、艦内には笑顔が見られた。
一同が潜水艦イ号の艦上に現れる。
小島少将をはじめ、木梨、岡田専任将校と続いていき、他の者も堂々と整列をして敬礼をした。ドイツ軍の軍人も艦上にたって敬礼を行う。やがてドイツ代表の軍人が潜水艦イ号に移り、甲板にいる小島少将や木梨とあいさつを交わした。

「あとほんの少しでロリアン港に到着します。長旅お疲れ様でした。ゆっくりと休憩をおとりください」とねぎらいの言葉がかけられる。

1944年3月11日、約4ヶ月の壮大な旅を経て、潜水艦イ号はついにドイツ領フランス・ロリアンに入港した。潜水艦イ号はあまりに大きく、後部は港からはみ出してしまっていた。双方の軍が甲板に整列すると、ドイツ司令官からあいさつがあり、ついでドイツ軍儀仗隊《ぎじょうたい》（海外の重要な客人を迎えるための兵隊）が「君が代」の演奏をはじめた。4ヶ月の厳しく長い旅を経てたどり着いた遠い異国で聴く「君が代」

には大きな感激を受け、涙ぐむ者も少なくなかった。

両軍の司令官によって閲兵式《えっぺいしき》（整列する兵隊を国の元首や司令官が見回る式）が行われた。小島少将、木梨はもちろん、誰もが軍人としての誇りを胸に整列をした。ドイツ潜水艦Uボートとは異なり、潜水艦イ号の巨体には１００名ほどが乗船している。甲板で整然と、そしておごそかに歌われた「君が代」は港にこだまし、荘厳な雰囲気をかもし出した。

ドイツ軍から歓迎として、かわいらしい女性から花束の贈呈《ぞうてい》が行われた。これは日本では見られない種類の華やかさであった。ついでドイツ国家が演奏され、閲兵式は終了した。そして報道関係者が写真を撮って解散となったのである。

乗組員たちはふたたび作業着に身をつつみ、日本から持ってきた物資の陸揚げ作業に没頭した。上官や技術者たち40名は潜水艦から降り、「ドイツ海軍の保養所」のあてがわれた場所で静養する。最初にすることは、もちろんシャワーだ。シャワーを思い切り浴びて、

石けんでごしごしと身体を洗うと、まるで冒険の勲章かのように垢がとれていく。シャワーのあとベッドに横になると、潜水艦のベッドとは異なるゆったりした場所でもあり、すぐに眠りこけてしまった。

ドイツ側は今回の日本からの使節に大きく期待していたのかもしれない。先ほど「ドイツ海軍の保養所」といったのは、なんとフランス郊外にある古城トレパレス城だったのだ。

潜水艦イ号から特殊金属のモリブデン、タングステン、ゴムなど様々な物資が降ろされた。もちろん「潜水艦自動懸吊《けんちょう》装置（エンジンを切った状態でも海中で一定の深度を保つ技術）」や「組み立て式水上飛行機（潜水艦に格納できカタパルトで飛ばせる飛行機）」などの、日本軍の重要な機密技術もドイツ側に渡された。

加えて酸素魚雷（高速かつ大射程、なにより痕跡が目立たない特徴をもつ魚雷）という、世界でも類を見ない技術の数々にドイツ軍も強い興味を示していた。

翌日の夜には歓迎会が行われ、フランスのホテルの宴会場に乗組員全員が招待された。ドイツ側からはドイツ司令官をはじめ、軍人や民間人も参加している。日本人にとって驚きだったのは、このような場に夫人を連れてきていることだった。席に着くと、ドイツ軍の音楽隊がさっそく「君が代」を演奏、次にドイツ国歌を斉唱し、全員が起立して聴き入っていた。

次に音楽隊は日本の「軍艦マーチ」を演奏し、日本からの招待者は予想しない状況に驚くとともに、感激しながら聴きほれていた。実は「軍

艦マーチ」はドイツでも有名でよく演奏されていた。続いてドイツ側から司令官や市長があいさつをし、日本側からはドイツ大使館がまずドイツ語で礼を言い、小島少将もお礼の言葉を述べた。

少し経つと食事会に進行し、ドイツ側からは誰彼ともなくねぎらいの言葉が伝えられた。日本の軍人の礼儀正しさはドイツでも知られており好感を持って迎えられた。食事はフランス料理が提供された。日本海軍では洋食の礼儀作法も一応学ぶため、一同は食事を楽しめていた。他にもドイツ人女性歌手により歌劇、手品がも

よおされて楽しい宴会であった。ドイツ軍人はもちろん、出席していた民間人も、長い道のりを経てドイツまで来てくれた友軍の誠実さと努力に心から感謝していたのだった。

後日、木梨を含め、永盛技術少佐（航空機）、田丸技術少佐（電波兵器）、鮫島海軍大学校ドイツ語教授ら総勢18名は、別のホテルに移動した。また小島少将と数名は日本大使館に出向いた。

その後日、ドイツ側から最新兵器の技術や物資が提供される。木梨をなにより喜ばせたのは、最新式の探知機だった。木梨はすぐさま潜水艦

イ号にとりつけるよう指示し、同じく提供された20㎜機関銃もとりつけた。
一方、松本機関長、それにケガをしていた兵士、それに数名の技術者も含めた数名がベルギーのオースデンにある電波兵器学校に派遣されていた。もちろん目的は探知機の使用方法を学ぶためである。かつてはこういった技術供与はまず不可能であったが、状況は変わった。ドイツは敗戦の兆《きざ》しが濃厚となり、日本に最高機密の技術を教えてでもアメリカに勝利してほしかったのだ。

ドイツが提供した技術の1つに、高射砲と連動させて使用する敵機標定用レーダー「ウルツブルグ」があった。これはレーダーが敵飛行機を探知すると、自動的に高射砲が発射されるものである。アメリカの日本への本土爆撃が苛烈《かれつ》になる今、なんとしても技術を習得して開発を急がなければならないものであった。

出発まで1ヶ月近くあるものの、潜水艦の修理やエンジンの調整などでかなり忙しかった。とはいえ休みをとれた者たちは、ドイツ人に連れられてパリまで足を伸ばし、散策をしていた。フランスはドイツ軍に占領されていたため、ドイツ人とともに歩く日本の軍人を見るフランス人の目は厳しい。はじめは驚きを表し、次に眉間《みけん》にしわを寄せ、最後にはそっぽを向くようになっていた。反対に、ドイツ人は我々に好意を寄せておりにこにこと話しては、皆でビールを飲みながら通訳を通して話す。ベルサイユ宮殿、凱旋門、エッフェル塔、ノートルダム寺院などに強い興味を寄せ、またそれらの美しさに圧倒された。またヨーロッパの街並みも彼らにとっては目新しく、きれいなものであった。

１９４４年3月末、木梨一行がドイツに行き、大変な歓待を受けていた頃、実はもうドイツには敗北の影がすぐそこまで忍びよっていたのだ。ドイツの敗戦は１９４５年5月8日、敗北する未来まで残り1年というところであった。そのため外部の者である日本の軍人から見ても物資は少なく、また料理も同様であった。加えてフランスのレジスタンス運動も激しさを増しており、以前では考えられなかった、ドイツ軍人が街中で殺されることも起こったのだ。

同盟国ドイツの状況も、そして日本の状況も厳しい。木梨はこの戦争の行方を想像して厳しい表情になった。

（できるだけ早く帰路につかなければならない）

技術を早く持ち帰らなければならないという思いもある。また潜水艦イ号が停泊している場所にイギリス軍からの攻撃もあった。長く留まればイギリス軍から攻撃を受ける可能性が高まるかもしれない。
潜水艦の修理はほぼ完了しており、いつでも出発できる準備が整えられていた。復路では、小野田捨次郎海軍大佐、松井登兵海軍大佐、そして巌谷英一海軍技術中佐も便乗する。貴重なジェットエンジン、ロケットなどの設計図や実物はすでに艦内に入れてある。またドイツから贈られた最新の探知機、それに20㎜機関銃も搭載済みだ。

木梨はいつごろロリアンを出るか考えあぐねていた。そこで同乗する小野田大佐、松井大佐、巌谷中佐らと話し合った結果、出発時刻を偽装して早めに出航することで意見が一致した。当初の計画では4月20日に出発する予定だったが、それを4月16日に早めるのだ。すでに重要な兵器や物資は積みこまれているため、残りの水や食料品を4月16日前に積みこむことにした。出発日を早めることは、潜水艦イ号の乗組員の中でもごく一部の者しか知らされなかった。ドイツの戦況が悪化するのに比例して、フランスのレジスタンス活動は激しさを増す。

そのようなフランスからしてみれば、ドイツを助けに来た日本の潜水艦というのは大変な脅威であった。フランスのレジスタンス、そしてドイツ兵の中にもスパイがおり、彼らが潜水艦イ号の情報をフランスやイギリスに流すはずだ（おそらく日本兵に近づく者にもスパイはいるはずだ）。木梨は出発日を早めることを徹底して秘密にして、出航日に照準を合わせた敵の攻撃を回避しようと考えたのだ。

木梨は、乗組員に「秘密裏に」４月20日に出航することを告げた。この「秘密裏に」が大切であり、おかげで情報は真実と思われウワサは瞬く間に広まった。

出発日の情報を知ったイギリスはすぐさま潜水艦イ号を沈める計画を立てていた。潜水艦イ号が港を出て大西洋に入った時点で航空機による爆撃をしかける。港近くにはドイツの潜水艦が多くいるため、潜水艦や戦艦ではなく航空機で攻める。これが彼らの計画であった。

4月15日にはすべての兵器や物資を積み、一部の者は艦内に入った。早朝は霧が港に立ちこめていたため、18名の便乗者も霧にまぎれて艦内に乗りこむ。その日の午後には乗組員全員が集められ、出発日を早めて翌日にすることがはじめて知らされた。乗組員はあわてて作業服となり持ち場につく。

4月16日、ドイツ側には機械の点検だと言って、潜水艦イ号は静かにロリアン港を出た。1隻のドイツ潜水艦のみが同行し、ときおり止まっては整備箇所を確認するフリをし、次第に深海へと潜っていく。

木梨の策略は成功しイギリス側の追尾はまったくなかった。だが油断はできないため、遠回りでもまず北大西洋に向けて全速力で進み、ポルトガル領アゾレス諸島近くまで行くと、ついに南下をはじめた。それまで木梨はずっと潜望鏡をのぞいて警戒を続けたが、岡田専任将校に任せて、久しぶりに艦長室に戻るとゆっくりと休んだ。

第 6 章

束の間の安息

木梨は、ドイツから便乗した小野田大佐、松井大佐、巌谷中佐らに針路について説明した。

「これから南下して赤道を通過、その後に喜望峰沖の暴風圏『ロアリング・フォーティーズ』を通過してアフリカ大陸を回りこんでインド洋に出ます。喜望峰沖ではイギリスの警戒が厳しいため、極力海中航行でやり過ごそうと考えております。喜望峰沖の防風は西から東に吹いておりますので、行きは向かい風で苦労しましたが、帰りは追い風になるため容易に超えられるはずです」


3人は木梨の話をうなずきながら聞いた。小野田大佐が口を開く。

「うむ。安全はもちろんだが、ジェットエンジンやロケットを一刻も早く届けるためになるべく海上航行をお願いしたい。これらの技術が日本にとって起死回生の、戦争を変える唯一の方法なのだ」

「わかっております。しかしアジア近くになりますと、アメリカの潜水艦が待ち構えているため、極力潜航して帰国したいと考えております」

小野田大佐は木梨の言葉に難色を示す。

「わからないではないが、最新のレーダーをつけていることだし、海上航行をしてもらいたいのだ」

木梨は「はい」と答えた。今は問題ないがシンガポール以降になったときに納得してもらえばいい、そう自分に言い聞かせた。

小野田大佐は海軍兵学校を優秀な成績で卒業し、すでに海外での駐在経験もある。駐在経験のある者の進級選抜グループでも評価はAであり、まさに絵に描いたようなエリートと言えた。木梨の経歴の正反対と言えよう。

小島少将と同じように、小野田大佐も木梨に興味を持っていた。海軍兵学校では最下位の成績であったのにもかかわらず、潜水艦の甲種試験で最高点をとり、甲種学生過程を主席で卒業して恩賜《おんし》の銀時計を拝受した男。そして空母ワスプをはじめ、多数の航空機、駆逐艦を沈めた男。

小野田大佐は、はじめ木梨を見下げる傾向が少しばかりあったが、やがてお互いにわかり合って協力し合う関係となった。

軍人というのは、とかく階級や進級に異常なほど関心を持つものである。小野田大佐も、早期にジェットエンジンやロケットを持ち帰ることで注目を上げたいと考えたのかもしれない。あるいは本当に日本の戦争を有利に運ぼうと考えていたのかもしれない。それは定かではなかったが、彼は海上航行にこだわった。

潜水艦イ号は赤道に向かって航行している。今ではなぜ突然出発日が早まったのかも、乗組員は理解していた。ドイツでは記念写真がいくつか撮られ、それらは複写されており、乗組員に配られていた。写真を眺めて、彼らはフランスやドイツでの思い出を楽しんでいた。


「日本人でフランスやドイツまで旅行した人はあんまりいないだろうな」

「自分たちは本当に珍しい貴重な経験をしたんだな」

「自分なんかロリアン港でかわいい女子に好かれて困ったもんだった。恋人にしたかったなぁ」

「いい子だったね。君はモテるからなぁ」

そんな他愛のない会話が流れる。

フランスやドイツをなつかしむと同時に、誰もが長く離れた故郷のことも考えていた。帰ったら休みをもらって家族と会おう、家族と一緒に温泉に行くのもいいな、そんな期待に胸をふくらませていた。

（ここまで来れば襲われる可能性はかなり低くなる。実際に潜望鏡やレーダーで監視をしても敵艦や敵機は見つかっていないし、海上航行をしている際も同じだ。それに乗組員には射撃の訓練も欠かせておらず、万が一にも対応できる。これなら朝は潜航しても、昼と夜なら海上航行して時間を短縮できるだろう）

木梨は多くのことを考えていた。ドイツ製のレーダーは想像以上の能力であり、木梨もその性能にご機嫌である。

レーダーの性能、その重要性については小野田大佐、松井大佐、巖谷中佐とも話していた。「これからはレーダーの良し悪しで戦争の勝敗が決まる」、この点では木梨を含めた4人とも見解が一致していた。加えて、小野田大佐はジェットエンジンやロケットを早く活用できなければ日本が負けてしまうと、顔を赤くしながら話した。日本の情報はもはやアメリカ軍に筒抜けで、艦船や航空機の移動はほとんど知られていたと言ってもいい。相手の行動を予測し先手を打つことが戦争の勝利につながる。にもかかわらず、日本の行動はすべて読まれていたのであった。

往路と同様に復路でも技術者たちの猛烈な勉強会が行われていた。往路では「最先端の技術を身につけること」、復路では「学んだ技術を実践できるレベルに活かすこと」などが話し合われた。自分たちの肩に祖国の存亡がかかっている、とてつもない責任であると同時に、彼らにとっては誇りでもあった。木梨はそんな勉強会を見て、邪魔をしないようにそっと艦長室に戻り、趣味の日本刀の手入れをはじめた。

油を取り去り電灯に刀をかざす。地鉄の美しさ、刃紋の姿や映りが見える。数百年の経過した、例えようのない美しさに、木梨はほっとした。

愛刀の手入れを終えた木梨は甲板に出た。厳しい寒さの中、風は吹きすさび、波も荒い。しかし、「ロアリング・フォーティーズ」と比べればかわいいもので、まったく問題ない。

中村航海長の姿を確認して話しかける。

「問題はないか？」

「まったくありません。こんなのは揺れたうちにも入りませんよ」

頼もしい乗組員の姿を見た木梨は笑い、タバコを1本吸って艦内に戻った。

艦内の最後部まで行って戻る、そんな習慣が木梨にあった。一般的な艦長は艦長室からあまり出ることがない。そして命令は基本的に上官が行うため、下士官とコミュニケーションをとることもない。しかし木梨は積極的に下士官とも話して艦内の雰囲気をつかんでいた。それに木梨は彼らの話をよく聞き、覚えてもいた。

「丹波さん、調子はどうですか？」

「艦長、元気ですよ。今は病気の乗組員もいません。私が暇ということは、病人がいないということなんです」

「そうですか。私は艦長の仕事が忙しくて困っているくらいですよ」

「それならたまには仮病でもよそおって、遊びに来てください」

丹波軍医長とそんな冗談を言い合うことが日課になっていた。丹波軍医長は木梨よりも年齢が上であり、また木梨は彼に絶大な信頼をよせている。丹波軍医長も立場をしっかりとわきまえていた。


数日が経過し、順調な航海が進む。近辺には敵船も敵機もおらず、寒かった天候も暖かくなり、海上の荒れもおさまってきた。

艦内では日々技術者たちが激論を繰り広げている。ジェットエンジンやロケットの図形、製図を眺め、ドイツ語の参考書を読みながら話し合いが続く。特にジェットエンジンはドイツでも完全に成功しているわけでないため、まだまだ改良の余地がある。技術者たちは、日本に到着する前にある程度の知識をつけ具体的な問題点を把握し、日本に着いたらすぐに技術を実装して試運転できるようにしなければ、と強い覚悟を持っていた。

村上調理主曹はフランスで運び入れられた新鮮な食料品を使い、毎日美味しい料理を提供していた。外国の米であったが炊き方を工夫することで、今までのカレーライスよりも美味しいと評価する者もいる。ドイツから便乗してきた技術者たちも彼の料理の腕前に舌を巻いている。

木梨が常に考える「乗組員が仲良く生活できること、食事が美味いこと、乗組員が一生懸命働けること、そして私的制裁を禁止すること」で、潜水艦イ号は常に良い雰囲気を保っていたのである。そのため木梨は村上調理主曹とも積極的にコミュニケーションをとっていた。

食事を終えると交代で休憩時間となり、各々が将棋や囲碁、読書などの時間を過ごす。潜水艦の乗組員は仕事環境上、運動不足になりやすい。特に長い航海では意識的に体操、筋肉トレーニング、艦内を走るなどして体力や筋力がなるべく落ちないよう努めていた。

木梨は特に松井大佐と馬が合い、何度も将棋や囲碁を楽しんでいた。将棋や囲碁は相手の思考を読み、先手を打つゲームだ。潜水艦の司令官はもちろん、軍人にとって必要なたしなみでもあったため、遊べる者は多い。将棋をたしなみながら、木梨はドイツの状況を松井大佐に尋ねと、松井大佐は口を開いた。

「悪いですね。食糧事情はもちろんですが、フランスだけでなく、ポーランドのレジスタンスの暗躍もある。最近ではドイツ軍の中でもヒットラーの行動を批判するものが現れはじめ、暗殺計画まであったとされているほどです。パルチザン（正規軍でないが、武器をとって外国軍と戦う軍。レジスタンスよりも規模が大きい）の活動も活発のため、出航が遅かったら潜水艦を襲撃されていたかもしれない。まことに出発日を早めたのは賢明でしたよ。それにしても木梨さんは将棋も囲碁も強いですね」

木梨はそれほどでもないと謙遜《けんそん》したが、事実かなり上手かった。松井大佐は、木梨の囲碁の腕前が3段くらいあると心の中で見積もっていた。一方の木梨は松井大佐からの話を聞くと同時に様子をうかがっており、その顔に日本に一刻も早く帰らなければ、という焦りを感じとっていた。

ドイツをたってから1ヶ月、ようやく赤道を通過した。艦内にもそのことが告げられる。乗組員の様子はさまざまで、シンガポールや日本が近づいたと喜ぶ者もあれば、「ロアリング・フォーティーズ」を前に気が滅入ってくる者、厳しくなる暑さに嫌気がさす者もいた。行きは暴風圏を避けるために極力陸地に近づいたが、結局は敵機と遭遇してしまい失敗であった。そのため今回は陸地から離れることにした。「ロアリング・フォーティーズ」に飛び込むことになるが、追い風に乗ることができるため問題ない。あと1ヶ月もすればマダガスカル近郊を航海していることだろう。

それにしても暑い……。

木梨もさすがの暑さに嫌気がさしながらタバコを一服し、中村航海長をはじめとした数人と甲板で話していた。もちろん、いつでも艦内に戻れる体勢を保ちながらである。

「これから南東に向けて海上航行し、ケープタウンから離れて『ロアリング・フォーティーズ』に入る。大嵐に難儀《なんぎ》するだろうが、行きと異なり追い風があるからすばらやく抜けられるだろう。今のうちに充分な点検をし、修理できるものはすべて修理、物資はしっかりとロープで固定してほしい。全員頑張ってもらいたい」

「わかりました。探知機も良好ですし、今のところは問題ありません」

「そうか。くどいようだが油断は禁物だぞ」

木梨は言い残して艦内に戻った。

6月11日、木梨のイ号第29潜水艦は、ドイツに向かうイ号第52潜水艦とすれ違い、潜水艦同士で交流して懐かしんだ。このイ号第52潜水艦は、第5回ドイツ使節（木梨たちは第4回）であり、また最後の日本からドイツへの使節であった。しかし最後の使節はドイツに到着できず、ロリアン港の手前でイギリス軍とドイツ軍の戦闘の最中に沈没したと考えられている。艦長の宇野中佐以下、乗組員106名、便乗者9名すべてが戦死した。

アフリカと南アメリカ大陸の中間部分、南大西洋を航行していると、主だった敵もおらず、障害となるものがないため、どことなく緊張感に欠けてくる。それでも朝から昼にかけては敵の急襲を警戒して、30mに潜水、時折、海面近くまで浮上し潜望鏡を出して航海する。

潜水艦に乗る者にとって、唯一の楽しみといえる食事。ドイツで新鮮な野菜や果物を受け取ったものの、出発して2週間ほどで底をついた。あとは缶詰、ソーセージ、乾燥野菜などばかりになる。調理環境も限定されて料理する環境としては最悪と言ってよかったが、村上調理主曹の創意工夫のおかげで、料理の評判は良く、乗組員の士気も高い。

あるとき海上に大量トビウオが飛び回っている姿が見られたため、潜水艦イ号はスピードを落とし、潜水艦の甲板が海面スレスレになるように少し沈んだ。トビウオとは背中にミをもち、約１００ｍの距離を飛ぶといわれる不思議な魚である。乗組員はバケツやアミでトビウオを捕まえて回り、村上調理主曹はその１匹をエサにしてなんと大きなマグロを釣り上げた。

トビウオとマグロは甲板でさばかれ、調理室に持っていかれて料理される。久しぶりに鮮度の高い食材だと全員がその様子に釘付けになり、そして生の魚を堪能《たんのう》した。「うまい！」「おいしいですね！」「久しぶりだなぁ」など各所で喝采《かっさい》がわく。皮肉な話だが、敵襲や嵐がないとどうしても単調な航海になってしまう。しかし、この日はめったにない娯楽を全員で堪能し、皆が肩の力を少し抜いた。

村上調理主曹はあまったマグロの肉を醤油、酒、砂糖、そして鰹節のダシで味付けし煮詰めて、後日のためにとっておいた。

木梨、そして潜水艦イ号の物語をここまでずっと続けていた恩田は、少し休むと言って、お茶をすすった。佐藤も鶴田もかなりの時間が経っていることに気づき、その間あまり身体を動かさなかったのか、節々がこっていることにも気づいた。

恩田も身体を少し動かすとふたたび口を開いた。

「私、恩田耕輔は上等兵曹であり、位は下士官にあたります（上等兵曹は日本海軍の水兵科下士官の最上位）。業務は主に士官との連絡や書類作成です。艦内では、上等兵曹は士官と一般船員とのかけ橋となるため、実力のある者が多いです。船員は上の士官とはなかなか関わる機会がそもそもなく、それに上等兵曹は一般船員が行う業務を体験して知識も経験もあったため、尊敬されておりました。

艦内の船員をまとめる、それほど重要なポジションでした」

恩田は叩き上げの下士官であったため仕事に対して厳しかったが、木梨のもとに来てからは優しさも備わってきた。木梨の人柄や仕事ぶりから学んだのかもしれない。木梨も恩田のことを「恩田さん」と呼んでいたらしい。

「ごめんなさい。少し私の話をしていましたね」

過去を他人に話すことは恩田にとって、どのような意味があるのか？

誰もわからない。

そして恩田は続きを話しはじめた。

南大西洋の中ほどを通過し、ナポレオン幽閉《ゆうへい》の地として有名なセントヘレナ島沖合を航行する。気候は赤道をかなり離れたため涼しくなり、気持ちの良い日々が続いていた。ソナーやレーダー、潜望鏡で警戒を続けていると、敵の艦船や輸送船もちらほらと確認できた。しかし戦うことは固く禁じられており、なるべく早く日本に戻るという最重要任務があるため、攻撃することはなかった。

やがて往路で彼らを苦しめた「ロアリング・フォーティーズ」に近づいてきた。木梨は、これから数日以内に「ロアリング・フォーティーズ」に入るため今のうちに準備万端にしておくよう艦内放送を通じて命令した。

恩田上等兵曹は部下に物資の固定、船内の品物を前後に区分けする命令を出した。大嵐の中ではたとえ巨大な潜水艦といえども前後左右に大きく揺さぶられ、バランスを崩すことがあり、それにより沈没する危険性も少なくなかった。なんといっても大波は潜水艦を10m以上も押し上げ、その後海面に叩きつけるように揺さぶってくる。固定しなければ後部にあった荷物が前方まで吹っ飛んでくることも容易にありえた。特に今回はドイツから重要な物資を運んでおり、それらが壊れることがあってはならない。

復路は追い風になるため往路よりはいくぶんマシだと思われるが、それでも万全の準備で臨まないと何が起きるかわからない。恩田は部下に厳しく作業を実行させ、終了すると岡田専任将校に報告した。

木梨、岡田専任将校、中村航海長、松本機関長は難所に入る前に話し合っていた。そして、昼は海中航行し、夜は海上航行すること、敵が待ち構えている可能性を考慮して警戒することなどをとり決めていた。

見張り同士が話をしていた。陸地が目に入らない海の真ん中で水平線を見ると、ゆるやかな曲線を描いていることが見てとれる。たしかに地球が丸いと実感できる瞬間だ。密室で男たちがシャワーを浴びず働くことによる悪臭、空気のよどみ、それに圧迫感のある空間から解放される見張りは、ときおり自由さを実感できる業務であった。

やがて暴風圏「ロアリング・フォーティーズ」が近づくと、波が荒れはじめてきた。西から東に吹きすさぶ風のおかげで、潜水艦イ号は通常以上の速度で海を駆けることとなった。

南アフリカのケープタウンから約965km離れた場所を航海しているが、これからケープタウン近く、およそ100kmの距離まで接近してインド洋へと進行していく。

木梨は荒れた海を目の前に、再度、最後の点検を行うよう指示を出した。ドイツからの荷物は多く通路までギッシリの状態だが、乗組員はぬかりなくしっかりと固定した。

やがて潜水艦イ号はふたたび、荒れ狂う嵐「ロアリング・フォーティーズ」へと突入した。

海上航行をする潜水艦イ号。荒れ狂う海上では、後方から巨大な波が潜水艦イ号に突っ込んできて、押し上げる形になる。そのため潜水艦イ号は自然と速度が上がっていった。行きはこの巨大な波に向かって突き進んでいたのかと思うと、冷や汗が流れてくる。波が甲板に激しくぶつかり、艦は大きく揺れる。見張りは海上に投げ出されないように、しっかりと鉄枠を掴みつつ、望遠鏡で警戒を怠らない。

当然艦内も大きく揺さぶられ、多くの者たちはベッドの枠に必死に掴まっていた。あまりの揺れに少し言葉を発するだけで舌を噛みそうになる。地獄のような環境だが、こんな環境でも熟睡できる者がいくらかいる。当然、体力が必要な仕事のため、眠れるか眠れないかは明日の仕事に大きく影響するのだ。もちろん皆が皆、そのように豪胆であるはずもなく、中には揺れに酔って吐いてしまう者もいた。たとえ吐いたとしても、誰も助けてもらえず（誰も助けられず）、自分自身で処理するしかない。

順調に蓄電が行われ、エンジンも問題なく作動している。松本機関長は部下に対して、電池の損壊には充分に注意するように指示した。このような激しい揺れが起きると、電池が破壊され、そこから有毒ガスが発生することがある。外気と隔絶された海中で有毒ガスが充満すれば絶体絶命である。そのため電気系統の故障には注意してもしきれないのだ。

海上航行する際は注意深く走った。針路や現在位置を考えると、イギリス軍が偵察することは考えられない。しかしロリアン港で我々にみすみす出し抜かれたイギリス軍は血眼になっていることだろう。それを考えると、急ぎつつも万全を期さなければならない。

潜航すると、「ロアリング・フォーティーズ」の嵐にいることがウソだと感じるくらい静かな世界に入る。ここでは乗組員も集中して業務をこなしたり、休んだりできた。

浮上しては大波にもまれ、潜航しては静寂《せいじゃく》の世界に身を寄せる。それを繰り返すうちに暴風はおさまっていき、潜水艦イ号はマダガスカルのはるか沖合に達しインド洋を航行していた。

木梨はマラッカ海峡を進み一直線にシンガポールに進むと決めていた。南スマトラとジャワ島の間はせまく敵に発見されやすいうえに、海底も浅いと考えられていた。そこで安全をとってスマトラ島とマレーシアの間のマラッカ海峡を進むことにしたのだ。

　赤道を何度もこえ北半球と南半球を行き来していたため、暑さと寒さが繰り返されており、今は暑いインド洋を北に進んでいる。外気が暑くなると当然艦内も暑くなり、乗組員の食欲も落ちる。ドイツから受け取った生鮮食品はほとんど尽きていたため、村上調理主曹は悩んでいた。そば、うどん、カレー、すし飯に缶詰、塩鮭、豆類でうまく工夫して飽きさせないようにしなければならない。

　木梨は村上調理主曹に心から感謝していた。彼がいなければ艦内の生活はもっと無味乾燥としたものになり、乗組員の士気も下がっていたかもしれない。しかし彼が用意する美味しい食事、ときおり出されるお汁粉やアイスクリームなどの甘食は乗組員を喜ばせていた。将校やドイツからの便乗者たちもアイスクリームには喜んでいた。

　暑い赤道を抜けて、インドネシアのスンダ海峡へと進んで行った。

　１９４４年7月13日、一式陸上攻撃機2機が上空援護として合流し、2機は上空で翼を左右に振って歓迎の意を表した。そして木梨たちは長旅を経て、ついにシンガポールに戻ってきた。

シンガポールの港にはかつてイギリス軍が多くの機雷を設置し、第1回のドイツ使節を乗せた潜水艦はここで沈没してしまった。今ではすべての機雷が取り除かれているが、万が一を考えて慎重に港に進む。


1944年7月14日、潜水艦イ号はロリアン港を出発して実に89日間の旅を経てシンガポールに到着した。安全が確認されるとほとんどの乗組員は甲板に整列して、歓迎のために集まった軍人やそこで働く日本人に帽子をふって挨拶をした。全員が艦から出て宿泊施設に移動する。艦内は掃除され、故障箇所や部品の取り替え作業が大至急行われた。

木梨はひとまず安堵《あんど》した。シンガポールにいる司令官もドイツから帰ってきた使節を歓迎する。祖国の危機はもはや誰もが知ることであった。そのため無事にジェットエンジンやロケットを持ち帰る最も重要な任務を完遂しつつあった英雄たちは熱烈な歓迎を受けたのだ。

「ご苦労さん。短い期間ではあるが、ゆっくりと休むと良い」

木梨は司令官から直接ねぎらいの言葉を受け取った。全員が宿舎で風呂につかり、ゆっくりとベッドで休息をとった。

「私、恩田も長い航海の末にようやくシンガポールまで戻ってこられたことは、まるで夢を見ているかのようでした。ほとんど艦内から出られず、もちろんシャワーを浴びることもできないため、お風呂に入ると本当に垢がボロボロと落ちるんですよ。

強烈だった体臭も消えて、さっぱりとした身体になると大きな解放感を感じたものです。ベッドに入るとすぐに睡魔に襲われ眠りこけてしまいました」

苦笑しながら話す恩田に、佐藤もつられて苦笑してしまう。数ヶ月間シャワーができないうえ、常に暑くせまい環境で何人もの男が働いていたら、とんでもなく垢がたまるのだろう。

「出発日がわからないため、乗組員は順番に休養をとったり食事をしたりしていました。潜水艦イ号の整備や、ドイツから受け取った重要な物資の見回りといった仕事もしていました。もちろん日本の危機のため、のんびりとはしていられません。無事、日本に帰らなければならなかったのですが……」

恩田の目はふたたび過去を見つめ出した。

第 7 章

沈みゆく日

「恩田上等兵曹殿、もうまもなく日本ですね！」

宿舎で休んでいた恩田に後輩の乗組員が話しかけてくる。

「そうだな。早く日本に帰って、のんびりと畳の上で眠りたいものだよな」

「はい。私の郷土は広島で、瀬戸内海の魚がとてもうまいんです。今の季節は鱚《きす》が美味しいんですよ。朝に海岸からボートを出して数時間漁をしますと、30匹くらいが簡単に釣り上げられるのです。それを家に帰って天ぷらにして、酒を飲みながらノンビリと過ごしたものです」

他の者も話に加わってくる。

「俺の故郷は茨城県の霞ヶ浦にあった。秋が深まるとカモがたくさんやってくるんだ。カモはな、昼間は集団で群れをつくり、頭を羽の中に入れて休むんだ。そのまわりに見張りをする1羽がいるんだよ。近づくとクア！　クア！　と鳴くもんだから、他のカモも風向きに飛び去ったり、泳いでいったりするんだ。

でも猟銃でうまくとれると、１発で２羽も３羽もとれるんだ。その肉を雑煮《ぞうに》にすると出汁がきいて美味いんだよ。最後にはソバを入れたら、そらぁもう！　みんなにも食べさせたいなぁ……」

目を細めてとうとうと話す。その目にはもう故郷の風景が映っていた。

「私もです。みんなで一緒に温泉にでも入って、美味いものを食べお酒を飲んで話し合いたいです。呉に到着したら休養がとれるので、湯田温泉にでもみんなで行きませんか？」

「そりゃぁ良い！　久しぶりに休暇をとって、のんびりと楽しもうや」

他愛《たあい》のない、それでいて希望に満ちた会話だった。

やがて出発の準備が整った。司令官から木梨に要望がされる。

「あらためて今回の任務はご苦労であった。知っての通り、今は日本の危急存亡の時である。極力海上航行をして、早期に日本に着いてもらいたい」

「司令官殿、お言葉ですがシンガポールから日本にかけては敵の潜水艦が待ち伏せしている可能性が高いです。そのためできるだけ潜航しながら進むべきと思われます」

木梨は自らの意見を述べた。しかし司令官は、日本の戦況がますます悪化していること、日本からも1日も早く到着するよう指令があったことなどを話した。

「気持ちはわかるが、新しいレーダーも搭載しているのだろう。なんとか、よろしく頼む」

司令官に命令口調で言われ、木梨はやむを得ず了承した。


シンガポールでも、ロリアン港と同様、中国人のレジスタンス運動が激しくなっていた。日本軍の一挙手一投足は中国人に見張られ、アメリカ軍への通報が行われていたのである。そのため木梨はふたたび出発日時を誤魔化《ごまか》して、カモフラージュをし、出発日時を早めることにした。

（アメリカ軍は確実に我々を待ち伏せているだろう。ソナーやレーダーを使用しながらなんとかするしかない……）

木梨は心の中で決心をかためた。

いよいよ最後の航海がはじまった。巖谷中佐を除く17名および海軍士官候補生10名を乗せて、潜水艦イ号はシンガポールをたち、日本の呉に戻る旅に出た。食料品、水、燃料はすでに積みこまれた。ドイツからの便乗者である小野田大佐、松井大佐など技術者将校も潜水艦イ号に乗りこんだが、唯一、巖谷中佐はジェットエンジンとロケットの設計図を持ち、零式輸送機でひとあし先に日本に向かったのだった。

木梨は拡声器で全員に伝達した。

「本艦はこれから日本に向けて出発する。台湾とルソン島の間には多くの敵が潜んでいると考えられる。ソナーとレーダーを利用して敵の動きをしっかりと把握してもらいたい！

海上航行では、敵軍の潜水艦の潜望鏡すらも決して見逃してはならぬ。最大限の警戒をして、最後の航海を無事に成功させるよう頑張ってもらいたい。

戦うことは決してせず、無事に日本に到着すること。では、ベント開け！」

潜水艦イ号は海中に潜って北東に舵をとり、バシー海峡めがけて進んで行った。

木梨はシンガポールで司令官から日本の状況を聞いていた。まさかこの7ヶ月の間で、ここまで戦況が悪化するとは思いもよらなかった。

(これではドイツから最先端のジェット機やロケットをうまく輸送したとしてもアメリカに勝利することは難しいのではないか)

木梨の心にはそんな考えが浮かんでいた。

数隻の漁船が見受けられた。この近辺には漁船を装って日本軍の戦艦や潜水艦の動きを観察し、アメリカ軍に伝える者たちが大勢いる。そのために潜水艦イ号は潜水して日本に向かうことにしたのだ。

艦内では、中村航海長がシンガポールから乗りこんだ海軍士官候補生10名の指導を行っていた。「『軍神』と呼ばれる木梨艦長の指揮を間近に見られる機会なぞ今後絶対にありえないぞ」と彼らに伝え、彼らも聞き入っていた。シンガポールまで海外研修旅行をしているということは、彼らは海軍兵学校を抜群の成績で卒業したのであろう。木梨は自らの海軍兵学校時代の最も悪い成績を思い出し、ひとり苦笑していた。

「軍神」と呼ばれるほど優れた能力と技術を有し、ドイツまでの長距離航海、最重要任務を今まさに終えようとしている。それでいて偉ぶることなく、乗組員に気さくに接して冗談も言い合う姿は、彼らにとって尊敬をこえて、畏敬の念を抱かせるほどだった。

乗組員と気さくに接する艦長は他では見られないし、海軍兵学校の講義は不必要と思われるほど厳しいものだ。木梨の話を聞く候補生はその言葉のはしばしに感銘を受け、木梨を目標とする者も多くいた。艦内での指導は厳しかったが、皆親切に教えてくれた。

実際に潜水艦に乗って指導を受けること、木梨から直接話を聞けることは彼らにとって、このうえなく貴重な機会であったのだ。

候補生たちがいること、なにより長い航海を終えて日本に帰れるという期待から、艦内は緊張感よりもはなやいだ雰囲気のほうが強かった。唯一、技術者たちを除けば、だ。技術者たちはドイツで学んだこと、艦内で議論したことをもとに、日本に戻ってきてからすぐに技術を生産できるよう段取りを進めていた。

木梨たちがドイツからの帰路についている頃、ドイツの戦況は極めて厳しいものとなっていた。木梨たちがたどり着いたドイツ領フランス・ロリアンでは何度も空襲があり、潜水艦基地にも被害が出たそうだ。脅威はますます強大となっており、もはやロリアン港がどうなっているのか想像もつかない。

木梨は日本も同様で、シンガポールから日本に帰る、この最後の旅が最も厳しいものになるかもしれないと予想し、決意をかためた。艦の主たる者たちを集めて話した。

「まもなく日本に至る最終航路である。皆も知っての通り、日本の戦況は日に日に厳しくなっている。アメリカの攻撃は激しくなり、台湾とフィリピンの間のバシー海峡では多くの戦艦や輸送船が撃沈されている。

決して油断することなく、充分な注意を持って敵艦の動静を見極めてほしい。早期に日本に着かなければならないため、危険を承知のうえで海上航行を行う。敵軍が現れたときにはすぐに報告をし、海中航行を行う」

少し経って、やがてすべての乗組員に注意喚起がされた。全員が覚悟を決めたのであった。

木梨は艦長室に戻って日本刀の手入れをはじめた。日本に無事到達できるように祈りながら、一振りひとふり丁寧に手入れをしていく。木梨は自らの心境を、昔の侍が出陣の覚悟を決める瞬間と重ねた。手入れを終えて刀を袋に納めると、木梨の心は穏やかに満足していた。

木梨が刀の手入れを行っている間は、岡田専任将校がいつも代理として業務をとどこおりなく行ってくれていた。

（岡田専任将校は実に素晴らしく、優秀な人物だ。将来はきっと優秀な艦長になるだろうな）

木梨はほほえましく思った。

やがて台湾とフィリピンの間に横たわるバシー海峡に到達した。この海峡はすでにアメリカに抑えられており、いくつもの船舶がここで沈められている。朝日の光が一帯の海をきらめかせていた。潜水艦イ号はきらめく海の底を進んでいた。深度40ｍ、時折は海上近くまで浮上して潜望鏡を上げながら進んでいく。木梨はいつものように帽子を後ろに回して、潜望鏡をのぞきこみ、回転させる受け棒を両手で抱えて警戒を強めていた。

第二次世界大戦は情報戦といってよいであろう。

ドイツは、敵に情報を知られぬよう暗号機を使い、暗号化されたメッセージで通信を行っていた。ドイツが第二次世界大戦中に使用した暗号機（暗号機の名前は「エニグマ」。電子計算機ではないがそれに近い性能を有していた）が主な情報源だ。アメリカはそのエニグマを使った通信の解読を１９４０年からはじめ、最終的には完全な解読を成功させている。

日本帝国海軍が使用した通信コードシステムはアメリカ人からは「ＪＮ―25」と呼ばれ、第二次世界大戦がはじまる前からアメリカは解読に着手していた。アメリカ情報省は、日本とアメリカが戦争を行うことを第二次世界大戦前から確信していたのだ。結果、戦争の初期段階で、アメリカ海軍は日本の通信解読に関してかなりの自信を持っていた。戦艦や潜水艦の動きだけでなく、補給船の動きまで把握され（アメリカ軍は日本の補給船が使用する通信コードも解読していた)、輸送する船舶にまで多大な損失をもたらしたのである。それはつまり、軍人や彼らの食糧、武器、医療が日本からうまく戦地に輸送できないことを意味する。アメリカの情報戦は非常に細かく、巧《たく》みであった。ドイツにはわざと偽情報を流すことで、ドイツ軍をアメリカにとって都合の良い方向に誘導していた。またドイツの情報も詳細に傍受していた。アメリカの情報機関で働く労働者は10名、500名とどんどん増えたことから、いかにアメリカが情報戦に力を入れていたのかがうかがえる。情報機関で働く労働者の最終的な数はわからないが、女性だけでも約7000名にのぼったと言われている。

一方、日本やドイツにはこのように情報をまとめる機関がほとんどなく、アメリカの暗号にはまったく手を出せなかった。せいぜい情報戦として東京ローズと呼ばれる連合国側のプロパガンダ放送をしていたくらいだが、アメリカ軍兵士はむしろ楽しみにしていたと言われている。

もちろん日本でもドイツでも暗号の変更は行われていたものの、アメリカ軍はそれに対して圧倒的な人員で解読をしていった。日本、ドイツから毎日発信される膨大な通信を傍受し、解読し、翻訳をして、またたくまに情報は担当部署に送られていったのである。アメリカの情報組織は日米開戦以前、日本軍が真珠湾に攻撃する以前から組織され、動き出していた。

日本やドイツは女性が戦争に従事することを嫌っていたとはいえ、アメリカやイギリスのように、組織だって情報戦を行うことはなかった。特に日本の軍人はそのような情報戦よりも、直接相手を攻撃することを優先していた。そのほうが評価が高かったからであろうか。知っての通り、この情報戦の差が戦況に大きく影響したのである。

山本五十六《いそろく》連合艦隊司令長官がブーゲンビル島上空でアメリカ航空部隊に襲撃・撃墜され、戦死したことも暗号の解読が原因であった。

何度か書いた通り、潜水艦での戦いは情報戦のようである。探知機という情報技術の1つで相手の位置を捕捉し、相手の動きを先読みしてこちらから攻撃をしかける。その能力に長けた木梨だからこそ、情報の重要性を知っていた。そして、その情報戦に力を入れられない日本がアメリカに勝つことが難しいことも知っていた。

ニミッツ提督の命令で、ハワイから3隻の潜水艦が潜水艦イ号を撃沈するために向かってきていた。

空母ワスプのみならず、その空母にあった33の戦闘機、駆逐艦オブライエンを沈め、戦艦ノースカロライナを航行不能にした木梨と潜水艦イ号。これらを沈めるのが責務であるという強い意志と覚悟をたずさえ、アメリカの潜水艦3隻は木梨たちの場所に静かに進んでいた。すでに攻撃する場所さえも決定されている。

潜水艦イ号は、ニミッツ提督の網にどんどんと突き進んでいた。漁船や航空機を使い、潜水艦イ号の正確な位置がアメリカの司令部に逐一送られていたのであった。潜水艦イ号はドイツ製の最新型探知機を搭載していたが、アメリカの探知機の性能はそれ以上であった。木梨も、他の乗組員も確実に迫り来ているアメリカの網には気づけなかった。

行きと帰りでは日本軍の戦況がまったく異なり、おそろしく悪化していた。木梨は無事に帰国するため海中航行にこだわったが、司令官たちが「海上航行せよ」と言う理由もよくわかった。今、祖国である日本は地獄のような状況に違いない。シンガポールで、アッツ島に続いてサイパン島でも日本軍が玉砕したと聞いたときは、目もくらむような衝撃を受けた。

そんなおり「ソナーに敵艦と思われる反応音がかすかに聞こえます！」という報告が木梨に入った。どうやら敵の潜水艦数隻と思われるスクリュー音が聞こえたのである。乗組員全員に一気に緊張が走り、すぐに戦闘準備に入る。深度80ｍにまで潜航するとエンジンが止められ、その位置で留まるように命令が下される。

アメリカはイギリス軍、中国人スパイ、自国の航空機から得た情報をもとに、潜水艦をフィリピン沖合で待ち伏せさせていた。だがエンジンを切ってもその深度に留まれる潜水艦イ号の技術によって、アメリカ潜水艦はターゲットを見失った。

ここが運命の分かれ目であったのかもしれない。

潜水艦イ号では敵潜水艦は去ったと考えられ、浮上して海上航行することとなった。台湾総督府から何度も海上航行するようにと強く求められていたからである。巨大な潜水艦イ号は海上に姿を現し、エンジンをうならせ時速45km以上で白波を立てながら航行した。

バリンタン海峡に入る手前で、見張りの交代が行われた。恩田上等兵曹、大谷大尉、山下少尉が見張りに立った。大谷大尉は「もう少しで沖縄だ。しっかり見張りをして日本に到着するぞ」と他の者を鼓舞した。

一旦は見失ったものの追跡を続けていたアメリカ潜水艦は、ついに潜望鏡で潜水艦イ号の姿を捉えていた。全速力で航行する潜水艦イ号はアメリカ潜水艦を横切るかたちで海上を走っている。アメリカ潜水艦にとっては、攻撃の絶好の位置である。

双眼鏡で周囲を警戒していた山下少尉は、魚雷の泡立つ航跡を見て「あっ！！」と声をあげ、回避するよう全力で声をあげた。しかし必死の叫びも間に合わず、どかーん！　とすさまじい轟音《ごうおん》と衝撃が潜水艦イ号を襲う。2発目の爆発音も続き、甲板上で見張りをしていた3名はなすすべなく海上に投げ出された。

さらに3発目が潜水艦イ号の前部に命中し、必死に攻撃を回避しようとするも、時すでに遅しであった。潜水艦イ号の艦首は天を向くように持ち上げられ、艦尾から後ずさりするように、暗く深い海底に沈んでいった。あっけなく巨体は沈み、大きな渦ができた。まわりには燃料の重油が流れ出して、大きな皮膜となっている。

1944年7月26日、潜水艦イ号はバリンタン海峡に沈んだ。

同艦には、ジェット機、ロケットエンジンなどが積まれていた。また木梨をはじめドイツから帰国中の技術将官（小野田大佐や松井大佐など）、見習い士官候補生、それに乗組員も乗っており、また木梨が最も大切にしていた日本刀もあった。しかし、それらすべてが海底1500mの深さに沈んでいったのである。

終章

潜水艦イ号を沈めた艦の艦長は沈みゆく艦を見て、心の中で敬礼を行った。敵とはいえ木梨は礼節を尽くすべき相手だと思ったからである。だが日本の航空機の襲撃を考え、潜航と撤退を命じた。

あの木梨を沈めたことに興奮を感じるとともに、名誉でもあった。一方で同じ潜水艦の艦長として、叶うなら話をしてみたかった。しかし、そんなことを言っていても仕方ない。木梨が指揮する潜水艦イ号を沈めリベンジを果たし、ドイツから日本に運ばれる予定であったジェットエンジンやロケットも葬《ほうむ》り去った。これで任務は完了だ。

ニミッツ提督は報告を受け、日本の敗戦がより早まったと感じた。故郷であるドイツの敗戦もこれで早くなり、両国の復興を早められることだろう。祖国のドイツ、日本が平和な国になればいい。一方で戦死した木梨にかつての東郷元帥を重ねて、不思議な寂しさを感じていた。

シンガポールから零式輸送機で一足先に帰国していた巖谷中佐。彼はジェットエンジンやロケットの設計図を日本に持ち帰っていた。その設計図から、最大時速802キロで、800キロの爆弾を搭載できる新型戦闘機「火龍《かりゅう》」が製造された。しかし完成とまではいかず、試作の段階であった。

1945年には2機が完成し、25機がなかば完成となったが、いずれも特攻機で使用され、その性能を活かし切ることはなく、終戦を迎えた。

「私は渦に巻きこまれないように必死に泳ぎました。大谷大尉と山下少尉の姿を探し、必死に名前を叫びましたが返事はありませんでした。遠方に島が見えたので、そこに向かって泳いだのです。

アメリカの潜水艦が海上に浮上したのが見えました。潜水艦は沈没した時間と場所を記録させ、浮き上がってくる日本兵を救助しようと待っていました。残念ながら誰も浮き上がってこなかったのです」

声をつまらせながら話す恩田を、佐藤はただ見つめるしかなかった。これまでの話を聞いたら、恩田がどれだけ木梨を尊敬し、他の仲間とともに日本に帰ることを望んでいたのかは明白だ。しかし、それは成し遂げられなかった。

「私は木材につかまりながら、やっとの思いで台湾とフィリピンの間にある、小島に漂着《ひょうちゃく》しました。疲労困憊《こんぱい》でしたが、最後の力を振りしぼって近くを歩いていた老人に、近くに日本兵がいないかを尋ねました。老人は私を漁村に連れていってくれ、私にヤシの水と食事を提供してくれました。その後もゆっくりと休息をとらせてくれたあと、老人は私を大きな村に船で連れて行ってくれたのです。民間人の服も手渡してくれ、海軍の哨戒艇《しょうかいてい》に連れて行ってくれました。本当に親切な人たちでしたね……」

「沈んでしまった仲間と潜水艦の姿が頭に浮かんでは消えていきました。大谷大尉と山下少尉の行方が気になりましたが、結局わからずじまいです。その後は台湾の高雄に輸送され、尋問が行われ、そのときの経過をつぶさに調べられました。そして商船で長崎の佐世保に運ばれ、列車で呉鎮守府《くれちんじゅふ》に行きました。そこでも連日厳しい尋問が行われ、憲兵隊から『お前はなぜ死ななかったのか。恥を知れ』とののしられたこともあり、死んでいれば良かったとずっと苛《さいな》まれてきました。本当に精神的に疲れました。

彼らはどうしてもジェットエンジンやロケットの行方が知りたかったのです。日本の起死回生の重要な戦略だっただけに、取り調べは厳しく長かったのです。同じことを何度も聞かれてノイローゼにもなりました」

佐藤は話を聞き、なぜ恩田がかたくなに話すことを拒んだのか、よくわかるようになった。

「私は、艦長ができるだけ海上航行を避けて海中航行で日本に到着したいと知っていました。だからこそ海軍司令部からの指示でなかば強制的に海上航行を指示されたことが理不尽に思えてなりません。もし艦長の方針通りにしていたら、もしかしたら撃沈されなかったのでは。そう考えると悔しくて仕方ないんです。まもなく沖縄だったと思うと余計に辛く、涙が止まりませんでした……」

憲兵隊からやっと解放されると、このことは絶対に秘密で誰にも漏らしてはならないと厳重に注意された。それどころか恩田の行動を見張っている私服の憲兵隊も何度か見ることになった。

「そして終戦となり、私は故郷の広島県に戻って過去の軍隊生活から離れ、このことは一切触れずにここまでほそぼそと生きてきました」

元恩田上等兵曹はそう言うと、タバコを灰皿にこすりつけた。

「恩田さん、大変ご苦労様でした」

佐藤がそう言うと、恩田は長年の苦労、「なぜお前だけが生き残ったんだ」という言葉と問いから解放されたように感じたのか、少し笑みを浮かべた。恩田は写真を手にとり、見入っている。家の外には、歌川広重の錦絵を思わせるような、美しい光景が広がっていた。

秋が深まっているようだ。

あとがき

私はかつて代々木で刀剣商を経営しておりました。アメリカで知り合った、刀剣を販売する事業を営む人物から、まったくの偶然に潜水艦イ号の写真を購入しました。その鮮明な写真を新聞社に持ち込んだところ、編集者の方から非常に興味を持って頂きました。私はここからどなたか木梨艦長の話を小説にしてくれないかと待っておりましたが、それから数十年が経過してしまいました。

「当時の乗組員の中で生存している人物が今も広島にいる」と新聞記者の方から連絡がありました。私は生存している乗組員の電話番号を聞いて連絡をし、会って欲しいと話をしたのですが、

「私は生き恥をさらしております。さらに大病をしているため、申し訳ありませんが、お

会いできません」

と断られてしまいました。

おそらく最後に恩田氏と電話連絡した人物は私かもしれません……。

またアメリカの知人を介して、潜水艦イ号を沈めたアメリカの艦長とお会いする段取りを整えましたが、それも叶わず、時の経過に任せるまま現在に至っております。

この物語は真実の話です。私が写真を買い取り、また生き残った方やアメリカの艦長に取材をしようと考えたのは、木梨艦長に強い興味を抱いたからです。

海軍士官学校の厳しい試験を受けたものの、入校席次は255名中の150番、最終成績は最も悪い255番です。卒業してからは、どさ回り組として数々の艦船に乗り組んだ木梨艦長。

しかし、そこからは前にも書いた通り、艦長試験である甲種選抜試験をトップの成績で合格し、銀時計を受領したのです。これは海軍では考えられない躍進であり、その後も潜水艦の艦長として大きな活躍を見せました。

なぜ海軍士官学校では成績がまったく振るわなかった人物が潜水艦の艦長になれ、そのうえ「軍神」とまで呼ばれるようになったのか。

私はそこに興味をもつと同時に、その人物をぜひ世に知らしめたいと願いました。

当時の軍では学校での成績が抜群に良い者は、優等生として将来の出世がほぼ約束されていました。反対に言えば、成績の悪い者が出世することはできなかったのです。現在でも、この制度は継続されているように思えます。国家試験上級職が日本の政治と経済を握っていますが、上級職に就くのは東京大学や偏差値の高い国立大学出身の者が多いです。

ドイツへの使節は合計5回行われました。作中でも見たように、日本からドイツは、往復7ヶ月の大変長い旅です。しかし、無事に日本に帰ってきたのは2回目の使節、そのたった一度のみ。あとの4回はすべて失敗に終わりました。意味のない、無謀とも言える使節を送り出したこの決定は、いったい誰が行なったのでしょうか。考えさせられます。

学校での成績が悪かったものの、のちに輝かしい戦果をものにした木梨艦長。日本の将来を考えたとき、本当に必要とされる人物とは、どのような者なのでしょうか。

7ヶ月をかけて、それも潜水艦でドイツまで行くのは、勇気と大変な忍耐を要することです。木梨艦長だけでなく、バリンタン海峡で亡くなられた多くの乗組員のご冥福を祈るとともに、私たち日本に勇気を与えてくれた行動に衷心《ちゅうしん》より感謝の意を捧げます。

第二次世界大戦で亡くなられた日本の軍人は230万人、市民が80万人と言われています。亡くなられた軍人の多くは餓死か、もしくは病死だったそうで、これは異例だと言えます。しかし、日本の輸送船のほとんどが米国の進んだレーダーによって沈められたことを考えると説明がつきます。食料を補給できなかった日本軍は現地で食料調達を行い、現地の住民が大切にしていた水牛や鶏などを強制的に徴収しました。それにより現地の住民から強い怒りや恨みを買いました。

戦争を生き残った人も、戦争によって地獄の中でさまよい続けなければなりませんでした。

私が山口県の岩国に疎開したときの話です。

岩国の農家に疎開するために乗った蒸気機関車。車窓からは瀬戸内海の美しい島々や錦川の美しい波しぶきが見えます。トンネルを通るときは煙が車内に入るのを防ぐために窓を急いで閉める。疎開先の、農家の主人がわらじを編んでいた、ある朝。

山の頂上から大きな煙が立ち上りました。恐らく広島に落とされた原子爆弾によるものだったのです。岩国から約40㎞先が爆心地でした。

当時住んでいた高田馬場の我が家も東京大空襲によって焼かれており、そのときの様子はいまだに克明に覚えています。私が小さかった頃、数多くの戦地で戦った軍人がまだ周りにいました。自慢話、飢餓の恐ろしさ（戦地でワニを食べたという方もおられました）、戦争の悲惨さを話す人などさまざまでした。また白い病院服を着ながら軍帽をかぶり、手や足、目の見えない傷痍《しょうい》軍人（戦争で負傷した軍人）の方もたくさんいました。そういった方が電車の中でアコーディオンやハーモニカを吹きながら物乞いをしている様子が思い出されます。上野駅の地下道には家族と離れ離れになった浮浪児であふれていました。

あれほど厳しく戦いながら、戦後はアメリカに無条件になびく日本人の変わり身の早さに、木梨艦長はあの世で苦笑しているかもしれません。

二度と愚かな戦争を起こしてはなりません。
戦後はアメリカによって民主主義を押し付けられ、日本人はアメリカ一辺倒になびいていきました。戦争によって生まれた多くの犠牲者、不幸、どん底に落とされた苦悩や悲しみを、一体どのように解釈すればよいのでしょうか。難しい課題ですが、私たちは反省をし、学んできました。

この体験から得た学び、英知を日本から世界に発信して、大きな影響を与えていくべきでしょう。正義を貫く国を多く創りあげ、海外の国々と連帯していくしかないと思います。

日本社会は一旦失敗すると立ち上がることが難しく、そのために失敗を乗り越えて立ち向かう回数自体が少なくなります。しかし、木梨艦長が失敗しても失敗しても強い意志で最後の目標である潜水艦イ号艦長として活躍したように、自分なりの目標を考えて立ち上がりましょう。

第二次世界大戦は情報が要となった戦争であり、急速に進む技術発展が戦争の勝敗を左右しました。そういった意味では、現代のＩＴ産業とまったく一緒です。

若者たちよ、元気を出して木梨艦長を見習い、捲土重来《けんどちょうらい》といこうではありませんか。今、何かをする勇気がなくとも、人間は思わぬところで勇気をもらい、動機が生まれるものです。木梨艦長が海軍兵学校時代に落第寸前だったのは、兵学校での勉強のやり方、教師との確執が原因だったのかもしれません。

卒業と同時にいろいろな艦船に乗り、生きるか死ぬかの厳しい戦いを経て、また艦長や将校と交わる中で自らの使命に気付いたのかもしれません。そこから艦長になる覚悟を決め、猛烈に勉強したのだと私は思います。

この物語は、なるべく事実に基づき書きましたが、一部脚色して制作しました。事実と異なっている点もあるかもしれません。

ただ、この本を読まれた方がどん底からはい出して、立ち上がる勇気を学んで頂ければ、望外の幸せです。

2024年4月　鶴田

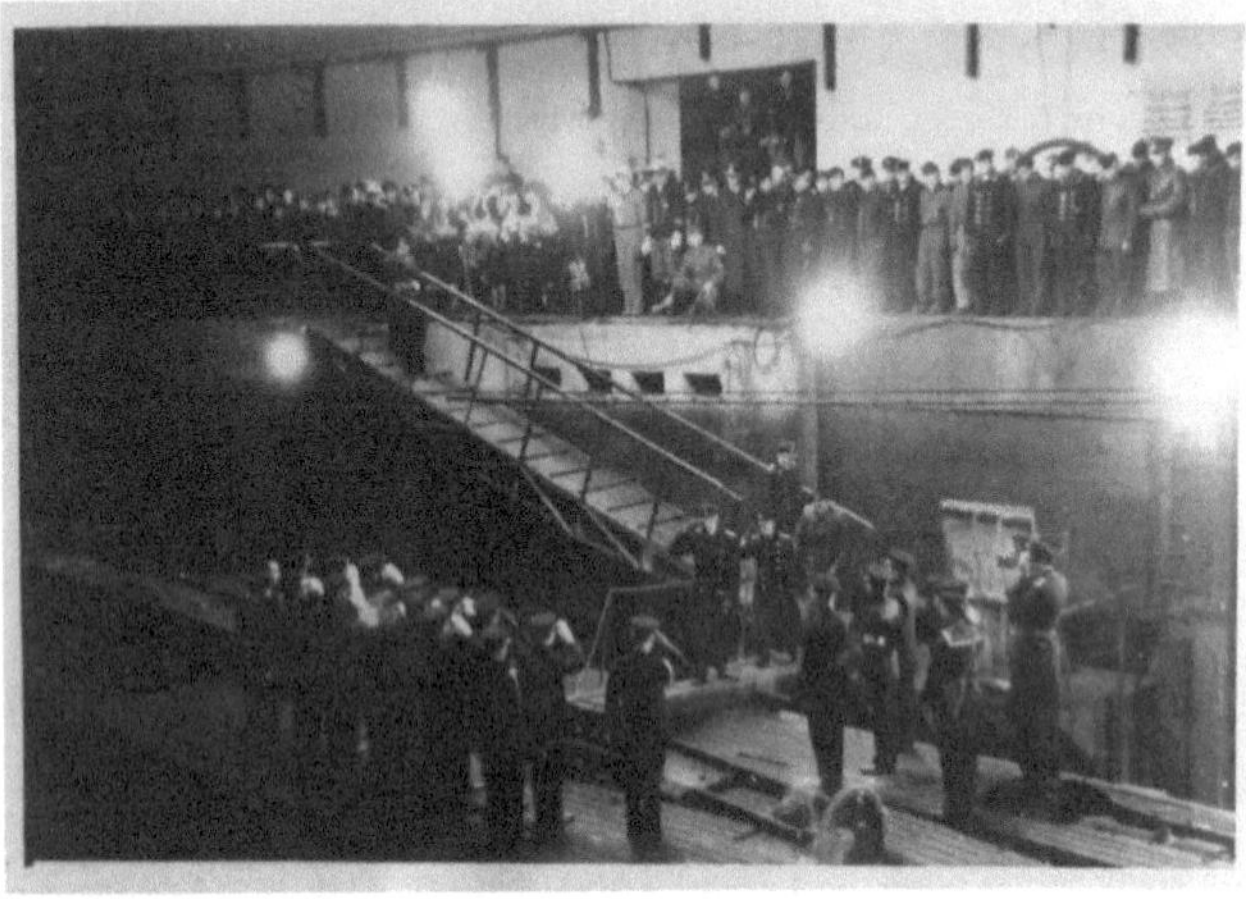

[著者プロフィール]
鶴田　一成（つるた　かずしげ）

１９４０年（昭和１５年）、東京の高田馬場に生まれる。翌年から太平洋戦争がはじまり、生まれ故郷の東京は焼け野原となり、自宅も全焼。父は徴兵され、母と共に山口県に疎開する。広島県の方向の空から立ちのぼる巨大な雲（原爆のものと思われる）、必死に逃げ回る人たちの姿は現在でも思い出される。

学校を卒業後に帝国ホテルで勤務するも、海外で働く夢を捨てきれず、新聞広告にあった航空会社の求人に応募。高い倍率の中で見事に採用を勝ち取り、客室乗務員の統括者（パーサー）となる。

航空会社で勤務している頃に知り合いから「アメリカでは日本刀が高く販売されている」ことを教えてもらい、自身も日本刀を購入、販売してみた。そこから、１９９０年に有限会社葵美術を開業し、日本刀の買取、委託販売、オークション事業などを展開することに。
２０２４年には2店舗目を開業予定。

日本刀を販売してアメリカ人との繋がりが増えたある時、仲の良いアメリカ人から「日本の潜水艦イ号の写真のネガを買わないか？」と尋ねられ、購入を即座に決定（本文中に挿入した写真の原板）。

この原板を大手新聞社の記者に見せたところ、その記者が大変に興味を持って現地取材を開始。最終的には一冊の本になるような調査書を提出してくれることになった。

この書籍はその調査書の内容をもとにしている。

木梨鷹一

～落ちこぼれから潜水艦の英雄になった男～

発　行　日／2024年10月15日　初版第一刷発行
2024年11月11日　　第二刷発行
著　　者／鶴田一成
制　　作／UTSUWA出版
〒906-0013　沖縄県宮古島市平良下里1353―10
HP：https://utsuwashuppan.net/
発　　行／合同会社 Pocket island
〒914―0058　福井県敦賀市三島町１丁目７番地30号
mail：info@pocketisland.jp
発　　売／星雲社（共同出版社・流通責任出版社）
〒112-0005　東京都文京区水道 1-3-30
電話：03-3868-3275
印刷・製本／株式会社ウイル・コーポレーション

落丁本、乱丁本は送料負担でお取り替えいたします。
ISBN 978-4-434-34539-5　C0021